光文社文庫

文庫書下ろし／長編時代小説

鉄の絆
若鷹武芸帖

岡本さとる

光　文　社

この作品は光文社文庫のために書下ろされました。

目次　【鉄の絆　若鷹武芸帖】

若鷹武芸帖
鉄の絆

『鉄の絆　若鷹武芸帖』おもな登場人物

新宮鷹之介……公儀武芸帖編纂所頭取。鏡心明智流の遣い手。

水軒三右衛門……公儀武芸帖編纂所の一員。柳生新陰流の遣い手。

松岡大八……公儀武芸帖編纂所の一員。円明流の遣い手。

富澤春……春太郎の名で深川で芸者をしている。角野流手裏剣術を父・富澤秋之助から受け継ぐ。

高宮松之丞……先代から仕えている新宮家の老臣。

お光……元海女。公儀武芸帖編纂所に女中として勤めている。

鈴……徳川家に仕える別式女。改易された藤浪家の姫で、薙刀の名手。

中田郡兵衛……武芸帖編纂所の書役。

原口鉄太郎……新宮家の若党。

平助……新宮家中間。

第一章　猟師

一

山桜は色も咲き方も不揃いだが、荒削りな美しさに遭遇すると、思わず足を止めて見入ってしまう。

そこに己が命の源を覚え、人は大地の恵みを五体五感に取り込んで、生きる糧《かて》にせんとするのであろうか。

新宮鷹之介《しんぐうたかのすけ》は今、日光《にっこう》街道にいて絵に描いたかのような遠山の景色を眺めていた。

「うむ。たまには旅もよいな」

彼はその律々《りり》しき顔を綻《ほころ》ばせて、旅はこれからが佳境《かきょう》に入るのだと、供の若《わか》党《とう》・原口鉄太郎《はらぐちてつたろう》と、中間《ちゅうげん》・平助《へいすけ》に言った。

旅は公務での出張であった。

三月になろうかという日に、支配である若年寄《わかどしより》・京極周防守《きょうごくすおうのかみ》からの呼び出しがあった。

「日光奉行所の武芸について検分して参れと、上様からのお達しがあった……」

とのことである。

日々の平穏に流され、役人達の武芸鍛錬が疎《おろそ》かになっていないかを確かめ、気がついたことがあれば指導してくるように――。

それが主な要件であったが、

「日光からの帰りは急がずともよいゆえ、道中に珍しい武芸を見つけたら、それを拾うて来よとの仰せじゃ」

と、周防守は付け加えた。

「ありがたき幸せに存じまする……」

鷹之介は心躍らせた。

日光奉行所の武芸事情の検分など、鷹之介が頭取を務める、武芸帖編纂所《ぶげいちょうへんさんじょ》が出張る筋合《すじあい》のものではなかろう。

これは定めて、将軍・徳川家斉《とくがわいえなり》の思いつきに違いない。

滅びゆく武芸、世の中から忘れられかけた武芸などを追い求める。

それが己が役儀《やくぎ》であると務めに邁進《まいしん》し、時として大騒動を繰り広げる新宮鷹之介からの報告を、家斉は心待ちにしていて、

「ははは……、鷹めがそのようなことを……」

毎度膝を打って楽しんでいる。

「そうじゃ、あ奴を旅に出してやろう」

しかも心おきなく動けるものにしてやれば、とてつもなくおもしろい土産話を持ち帰るに違いない。

稚気《ちき》に富む将軍家は、そんなことをふと思いついたのに違いない。

「まず、そなたへの褒美と思い、旅を楽しんで来るがよい」

周防守はそのように話を締め括ると、にこやかに申し伝えたものだ。

鷹之介はすぐに旅発った。

編纂方の水軒三右衛門《すいけんさんえもん》、松岡大八《まつおかだいはち》、書役《かきやく》の中田郡兵衛《なかたぐんべえ》、女中で白浪《しらなみ》流水術の継承

者であるお光《みつ》などは、皆一様に供を願ったが、

「皆を連れて行きたいところだが、それでは編纂所が立ちゆかぬゆえ、この度は勘弁してもらいたい」

誰か一人くらい連れて行きたいが、それでは不平が出よう。

まとまりがよく、誰もが若き硬骨漢《こうこつかん》である鷹之介をもり立てんと励む編纂所であるが、このような時は、かえって人選が難しくなるのである。

結局、供連れは新宮家に仕える若党の原口鉄太郎と、中間の平助とした。

若くて生きの良い鉄太郎には、あれこれ経験を積ませてやりたかった。

平助は古参の奉公人で、ずっと以前は渡り奉公をしていたので世慣れている。日頃の忠勤に応《こた》えてやるためにも、供に加えておきたかったのである。

公儀の役目を果しに行くことを思えば、いささか物足らぬ供揃えかもしれぬが、帰りの道中は漫遊となろう。

それを考えるとちょうどよいのだ。

新宮家と編纂所の者達は、鉄太郎と平助を羨《うらや》ましがったが、

「時には皆で羽を伸ばすのもよかろう」

頭取としてはそうも思うし、老臣《ろうしん》・高宮松之丞《たかみやまつのじょう》が、

「御留守は、この爺ィめにお任せくだされればよろしゅうございまする」

と、張り切るのも頬笑《ほほえ》ましい。

そうして家来達、配下の者達に見送られて、意気揚々として出た旅路は真に充実していた。

行きは幕府の権威を背負い、各宿場では本陣、脇本陣に泊まった。

小姓組番衆《こしょうぐみばんしゅう》から、新設で与力、同心も付けられぬ武芸帖編纂所の頭取を命じられた時は、先の出世を断たれた気がして、大いに落胆した。

しかし、三百俵取りの旗本でも一役所の長となれば、公儀の威光によって、丁重なる扱いを受ける。

「鷹よ、これでなかなか武芸帖編纂所の頭取もよかろう」

家斉の声が聞こえてきそうであった。

とはいえ公儀の威光を背負うのも、それはそれで大変で、

――武芸帖編纂所か何かは知らぬが、頼りなさそうなお役人だ。

などと思われては面目が立たぬので、挙措《きよそ》動作に気を遣ったものの、江戸を出て

五日目には日光に着いた。

ひとまず日光奉行所に入り、奉行との面談をすませ、翌日は東照宮《とうしょうぐう》参拝、奉行所内での武芸稽古に自らも加わり、鏡心明智流《きょうしんめいちりゅう》の剣術を披露した。

さすがは武芸帖編纂所の頭取である。剣技の妙が奉行所に勤めるどの役人よりも冴えていると、奉行を感嘆せしめた。

鷹之介が見たところでは、奉行以下役人達は揃って武芸修練に熱心で、稽古場の手入れも行き届いていた。

咎人《とがにん》を捕えるための刺叉《さすまた》、突棒《つくぼう》などの武具も充実していて、鷹之介は捕縛術などの演武を望み、自らも教えを請《こ》うた。

その姿勢を奉行は大いに気に入り、

「上様の御威光を借りて、賢《さか》しらな振舞をする者が来ればいかがいたさんと思うたが、これほどまでに心地のよい武士を見るのは久しゅうござる」

しばしの間、日光に留まり、配下の者達に剣術の稽古をつけてやってもらいたいと願ったものだが、

「とんでもないことでござりまする。御役所での武芸奨励は見事という他はござり

ませぬ。この新宮鷹之介には何ひとつ申し上げることはござりませぬ」

鷹之介は恭《うやうや》しく礼を返すと、すぐに日光を後にしたのであった。

予《あらかじ》め公儀から、鷹之介の出張についての達しがしっかりとなされていて、真に快い役儀となり、改めて自分の剣技の妙が確かめられた喜びを噛みしめ、新宮鷹之介主従は江戸への道を踏み出した。

さて、ここからが鷹之介が何よりも楽しみにしていた、もうひとつの旅の始まりとなったのである。

二

往路は体裁を整えねばならぬこともあり、雇いの権門《けんもん》駕籠を使ったりしたが、

「どうも駕籠に揺られるのは性《しよう》に合わぬ」

と、人気《ひとけ》の少ない道では、

「乗っていることにしてくれぬかな」

そう言って鷹之介は俄《にわか》に駕籠から降りるとさっさと歩いて、駕籠舁《か》きを驚かせ

たものだ。

しかし復路はたちまち微行《びこう》の趣《おもむき》となり、原口鉄太郎と平助とで健脚を競うように歩きつつ、

「何ぞもの珍しいものはないか」

とばかりに忙《せわ》しなく辺りの様子を窺《うかが》った。

鷹之介は袖無し羽織に野袴《のばかま》、鉄太郎は裁着袴《たつつけ》、平助は尻からげに股引といったいでたちで、名のある武芸者が弟子と奉公人を連れての廻国《かいこく》修行といった風情である。

三人が往路で耳にしていて気にかかっていたのは猪鍋であった。

今市《いまいち》の宿に、美味い猪を食べさせる旅籠《はたご》があると耳にしたからだ。

男三人――。

色気に走るかと思いきや、食い気に走るところがおもしろい。

江戸にも〝山くじら〟と称した猪が食べられる店はあるが、旗本の殿様である鷹之介にはなかなか足を踏み入れ辛い。

それに猪などというものは、江戸のような都会で食べるよりも、山野が広がる旅

の宿で食べてこそだと鷹之介は思っている。

鉄太郎と平助にももちろん異存はない。

それで、武芸者の師弟と奉公人の体《てい》で、これと決めた旅籠へとび込んだ。

三人共に、一、二度食べたことのあった猪鍋であったが、やはり先ほどまで走り廻っていたという猪の肉は引き締まっていて、味わい深い。

味噌仕立で、すり胡麻《ごま》を加え、山菜などをふんだんに放り込んだ鍋は、香ばしい匂いに溢《あふ》れ、顎《あご》が疲れるほどに勢いよく食べると、たちまち体に力が漲《みなぎ》る想いがした。

帰りの道中には楽しみが溢れていると思ってはいたが、後から考えると、この時に猪鍋を食べていなかったら、旅は味気ないものに終っていたかもしれない。鷹之介にとっては貴重な夕餉《ゆうげ》となった。

旅の騒動の発端は平助が、

「この猪は、やはり山の猟師が仕留めたものなんでしょうねえ」

という、ごく当り前の問いから始まった。

武芸者然としていながら気品が漂い、立居振舞《たちいふるまい》も涼しげである新宮鷹之介を一目

見て、

「これは大したお人に違いない」

そのように察した旅籠の主人が、自ら猪鍋を料理して接待に出ていたのだが、

「この辺りには、名人と謳《うた》われる猟師が何人もおりましてねえ」

平助の言葉に応えた。

「てえことは何かい？　その名人ともなれば、針に糸を通すくれえに、鉄砲を撃つんだろうねえ」

「左様でございます」

「そいつは大したもんだ」

「何しろ鉄砲なんてものは、ひとつ撃ちますと、次に弾を込めるまでは手間がかかりますから」

「一発で仕留めねえと、音に驚いて獲物はたちまち逃げてしまうか……」

「はい。相手が熊だったりすると、こっちの身が危なくなりますので、外すわけには参りません」

「なるほど、生半《なまなか》な腕じゃあ務まらねえんでしょうねえ」

そんな会話に鷹之介が食いついた。

「とりわけ名人と呼ばれている猟師はどこの誰なのか。主殿は知っているのかな？」

するど旅籠の主は少し得意になって、

「それはもう……」

と、胸を張った。

「ははは、もったいをつけずに教えてはくれぬか」

鷹之介はにこやかに問いつつ、主人に酒を勧めた。

「これは畏れ入ります……」

そもそも主人は話好きの酒好きで、一杯入るとますます物言いが回りくどくなる。

「鬼怒川《きぬがわ》の谷を月山《がっさん》に向かって行ったところに、長田《おさだ》村というところがございまして……」

「長田村？」

「はい、山間《やまあい》の小さな村でございます」

「そこへ行けば会えるのだな？」

「先生のようなお方がお出ましになるほどのところではございませんが……」

となると、ますます興がそそられる。

「して猟師の名は？」

「土橋忠三郎《つちはしちゆうざぶろう》というお人で……」

「土橋忠三郎とな」

「はい。元はお武家であったとか」

「ほう……」

土橋忠三郎は、地の者ではなく十数年前に流れて来た浪人で、同じく名人と呼ばれた万造《まんぞう》という猟師の腕に魅せられ、そのまま弟子入りをしたという。

それを聞くと、鷹之介は無性にその土橋忠三郎に会いたくなってきた。

武士が猟師に弟子入りしたということは、万造という男の鉄砲の腕に余ほど心を打たれたからであろう。

旅籠の主は、鷹之介があまりにも素直な表情でこの話に興をそそられていることに嬉しくなってきたのであろう。

「万造という猟師は、何年か前に惜しまれてこの世を去ったと申します。それで今はその忠三郎さんが、立派に跡を継いで、名人として日々山を駆け巡っているそうでございます。わたしは見たことがございませんが、猪などは眉間にひとつ弾をくらわせて、苦しむことなく仕留めるとか……。まあこれも武士の情と言うものなのでございましょうねえ」

やや芝居がかった口調で語り出した。

鷹之介は、そういう余計な部分にはまるで耳を傾けず、腕組みをして思い入れをしていたが、

「その長田村というは、どの辺りにあるのか、詳しく知りたいのだが、わかる者はいるか？」

ややうるさくなってきた主人を黙らせるかのように問うた。

「は、はい。それは何人か出入りの者に問えばわかりますが、先生、本当にお行きになるので……」

夕餉の酒の場で出た話に、ここまで真っ直ぐに心を動かされる若き武士がいるとは驚きであった。そしてその目の輝きに、主人はすっかり気圧《けお》されてしまった。

「一芸に秀でた者に会いとうなるのは性分《しょうぶん》でな」

鷹之介は、人をとろけさせるようないつもの笑顔を向けた。

主人はしどろもどろになって、

「す、すぐに当ってこれへ連れて参ります」

と、部屋をとび出した。

「こいつは楽しみでございますねえ」

平助は膝を打って喜んだが、鉄太郎はというとどこかその表情が翳《かげ》って見えた。

「殿、帰りは急がずともよいとのお達しとは申せ、珍しい武芸を求めねばならぬのではござりませぬか」

鉄太郎は、しかつめらしい表情をして言った。

「珍しい武芸とな。それこそ土橋忠三郎が身に備った〝砲術〟じゃ」

「ははッ……」

鉄太郎は畏《かしこ》まったが、その姿はやはりぎこちなかった。

平助は、天真爛漫《てんしんらんまん》が身上《しんじょう》の鉄太郎らしくない様子が気になって、ちらりと鷹之介を見た。

鷹之介はというと、そのような機微《きび》を知るや知らずや、終始にこやかに長田村への期待を募らせていたのである。

三

鬼怒川の渓谷沿いを北へ向かい、そこから細い山道を月山の方へと登り行く。春の暖かさも山から吹き下ろす風と、岩を砕き流れ落ちる川風で、たちまち厳しいものとなった。

それでも、そこからまだ見ぬ山間の村へと行くという昂揚《こうよう》は、あらゆる辛さを吹きとばしてくれる。

圧倒的な草木の緑と花の彩の中へ、荒々しき水音から逃れて踏み入ると、

「これこそが気儘《きまま》な旅の醍醐味である」

都に住まう三人の胸をわくわくとさせるのであった。

旅籠ではいささか冴えぬ表情をちらつかせていた原口鉄太郎の顔にも、いつも以上の精気が漲っている。

鷹之介よりもさらに歳が下で、いつも若さと青さを前面に出している鉄太郎にも

少しは分別が付き、

「猟師を追い求めるのはおもしろいが、何かまた騒ぎにならねばよいが……」

そのような主君への気遣いが、旅籠での表情となって表れたというところであろうか。

今市の宿で描いてもらった絵地図は、ありがたいものであった。

道中、道が途切れるところもあるが、脇の獣道はすぐにまた本道に繋《つな》がり、三本杉であるとか地蔵とか、獣道に入るきっかけが詳細に描かれている。

早朝に旅籠を出て、昼過ぎになって峠に出た。

「殿様、あれのようですねえ……」

平助が息を整えながら指をさした。

「うむ、そのようだ……」

そこから小さな集落が見下ろせた。

峠を下り行けば、目当ての長田村に着くようである。

「これから下りでござりまするか。登った分、損をしたような気になります」

鉄太郎が溜息交じりに言った。

「ははは、まったくだな。抜け穴でも掘ってもらいたいものだ」

三人は山の空気を体いっぱいに吸い込むと勇躍、村へと向かった。

「何やら薄気味の悪いところですねえ……」

村が近づくにつれて、平助が顔をしかめることが多くなった。

方々に結界《けっかい》が張られているのか、注連縄《しめなわ》が施されてあったり、御札のようなものが貼ってあるのが目に入ってくる。

「旅籠の主は何も言っていなかったが、信心深い村なのかもしれぬな」

鷹之介はそのように応えたが注意深く見ると、ところどころに呪術らしき信仰が窺われる。

そういえば、地図も、峠までしか詳細が描かれていない。

ここから村へと足を運んだ者はいないのかもしれない。

猪なども、村の者が宿場へ運んでいるとすれば、山間の小さな村に用などなかろう。

とはいえ、どのような村であれ、三人の頭目は新宮鷹之介である。

身分によらず人に好かれ、武に秀でている若武者の行く道に、何の恐れるものがあろうか。

「この村には色んな言い伝えがあるのでしょう。それを知るのもまた楽しみでござりまする」

鉄太郎がはきはきとした声で言った。

「ああ、そうだな」

鷹之介は満面に笑みを浮かべた。いかにも鉄太郎らしい物言いが心強く思われたのだ。

到着を急いだ疲れが三人を襲っていた。ついあれこれ考え過ぎてしまうのも、疲れのせいかもしれない。

鷹之介は努めて明るく振舞《ふるま》い、

「さあ、いざ出陣だ!」

二人の従者を鼓舞《こぶ》するようにして、真っ直ぐに村へと向かった。

やがて窪地を切り拓いた田畑、斜面を開墾した耕作地が見えてきた。

山沿いに建てられた百姓《ひやくしよう》家《や》もぽつぽつと窺える。

平地に設けられた高札場《こうさつば》の周囲は、ちょっとした広場になっている。

道の両脇には背の高い木柵が立っていて、ここが村の入り口と言ってもよいだろう。

広場に辿《たど》り着くと人影はなかったが、ふっと高札場の陰から白い着物を着た女が現れた。

何度も刺客の黒い影に襲撃を受けたことのある鷹之介であるが、さすがに勝手が違ってどきりとした。

女は水干《すいかん》を身にまとった巫女《いちこ》であった。

下げ髪に青白い顔。真に不気味だ。

年の頃は三十になるやならずで、端整な顔立《かおだち》をしている。

鉄太郎が前へと出て、

「ちと訊《たず》ねたいのだが……」

気味の悪い女ではあるが、巫女なら村については詳しかろう。まず案内を請おうとしたのであるが、

「すぐに村から出ておいきなさい……」

巫女はすげなく言い放った。

「これ、物を訊ねていると申すに、いきなり出て行けとは無礼であろう」

鉄太郎は気色《けしき》ばんだが、巫女は怯《ひる》まず、

「お前様方は血の臭いをさせておいでじゃ。この村に災いをもたらすおつもりか……」

冷徹な言葉を浴びせてきた。

鷹之介主従は言葉に詰まった。

往路とは違い、今は武芸者の師弟というような恰好である。

人里離れたような村にいきなり現れたのだ。村人が警戒するのも無理はない。

血の臭いをさせていると言われると、たしかに鷹之介は役儀のために何度も血刀を揮《ふる》ってきた。

霊能を備えた巫女にそこを衝《つ》かれると、心やさしき新宮鷹之介は何も言えなくなるのである。

しかし、鷹之介の鉄砲名人に会いたい想いは、ただの思い付きや酔狂ではない。

武芸帖編纂所頭取としての務めと言える。

それがあるからこそ、長い道のりをここまで訪ね来たのである。

「何を申すか！」

鉄太郎は激高《げきこう》した。

このような時は理屈で物ごとは進まないのかもしれない。

鉄太郎の若い一本気が村人とぶつかることで、開ける道もある——。

鷹之介はニヤリと笑って平助とこれを見守った。

鉄太郎の叫びには若者の純真が込められている。

そのことを解さぬというならば、そ奴とはとことん戦ってやるという覚悟が鷹之介の胸の内に湧いてきた。

「武士は、己が身命を賭《と》して国のために刀槍を揮うのが本分だ！　そもそも血の臭いが身に付いてこそのもの。それを村に災いをもたらすとは、無礼千万！」

鉄太郎は吠えた。

彼の声は山にこだまするように響き渡った。

——鉄太郎もなかなか弁が立つではないか。

鷹之介はほくそ笑んだが、いつしか巫女の周りには屈強そうな山の男達が、手に手に棒切れを携えて集まって来た。

「どうした」

「何かあったのか？」

「うむ？　見慣れぬお武家だな」

そうして、鷹之介達を野盗の類《たぐい》だと思ったのか、十人近い数で刺すように見た。

「怪しき者共《ども》！　何としても村へ入れてはなりませぬぞ！」

巫女が叫んだ。

その声は先ほどとは異なり、何かが憑依《ひょうい》したかのような、女とは思えぬ野太いものであった。

「おのれ、悔やむことになるぞ！」

鉄太郎が、女の声にざわめく村の男達を前に再び叫んだ。

だが、村の男達は巫女の言葉を重く捉《とら》えたか、

「帰れ、帰れ！」

「そうだ。巫女がこんなことを言うのは初めてだ！」

「どこの誰だか知らねえが、お前達のような者が来るところではねえんだ！」

彼らもまた何かに取り憑《つ》かれたかのように騒ぎ始めた。

「よく聞け！　我らは決して怪しい者ではない。まず名主の許へ案内してもらいたい」

ここで鷹之介が落ち着き払って言った。

出来ればまだ身分を明かさずに忠三郎という猟師に会いたかったが、そうもいくまいと考え直したのだが、

「何が名主様だ。お前らは定めて押し込みじゃあねえのか」

村人の一人が興奮収まらずに言った。

鉄太郎がこれに熱くなり、

「まだ、そのつれをぬかすか！」

と、言い返した。

こうなると売り言葉に買い言葉である。

排他的な村での群衆は、一旦火が点《つ》くと一気に燃えさかるものだ。

ここは役所からも遠く離れているようだ。

そうなると治安は村が受け持つことになる。たとえば旅の者の二人や三人、打ち殺しても村人が口を合わせれば、行方《ゆきがた》知れずで片付けられるであろう。

そのような想いが男達の心を荒れ狂わせるのだ。

「偉そうな口を利きよって、この若造が！」

遂に男の一人が、棒切れを振回して鉄太郎に襲いかかって来た。

「鉄太郎、そこをのけ！」

鷹之介はその間につつっと入って、腰の刀を一閃《いっせん》させた。

先だって修練を積んだ抜刀術が冴えた。

抜いたかと思うと、目にもとまらぬ速さで白刃は鞘《さや》に納まり、男の振回した棒切れが手許から一尺ばかりのところで見事に切断されていた。

「あ……」

男は余りのことに、その場に立ち竦《すく》んだ。

村の男達も瞠目《どうもく》した。

巫女に憑依した通力《つうりき》が一気にはね返されたがごとき新宮鷹之介の妙技に、村の男達は神を見たのだ。

「おいおい、お前達、落ち着かねえか。ろくに話も聞かずに、おっとばそうとする奴があるけ」

そこへ男達の群れに一人の村人が割って入り、一同を宥《なだ》めた。

「わっちは喜平《きへい》と申します……」

喜平は四十絡み。引き締まった体に、彫りの深い整った顔立。なかなかの男振りである。

皆に一目置かれているのであろう。たちまち村人達は憑きものが落ちたように素朴な百姓の風情となった。

「いち、い、いちこ、お前にきっと悪い神が取り憑いたんだろうよ。帰って身を清めて、お祈りをしな……」

そして巫女を労《いたわ》ると、

「これだけの技を持っておいでのお武家様だぞ。何かわけあってお越しになったのに違《ちげ》えねえ。この場はおれに任せて、さあ、仕事に戻れ戻れ……」

喜平はそう言って村の男達を追い立てたのである。

四

「これは助かった。よくぞ止めに入ってくれた……」

鷹之介は喜平に礼を言った。

「とんでもないことでございます。助かったのは村の連中の方で……」

喜平はにこやかに言葉を返すと、散り散りに去って行く村の男達と、力なく高札場の向こうの石段を上っていく巫女《いちこ》を見廻して、

「あの巫女はちょいと変わり者でございまして、まず許してやってくださいまし。村の者達も見慣れねえお人が来ると、とにかくおっかながってあんな風に……」

「いやいや、それもこれも村を守りたいがためのことだ。我らの対しようもいけなかったのだ」

「こいつは畏《おそ》れ入ります……」

「そなたが言ってくれたように、わけがあって参ったのだ。そのわけを話そうほどに、すまぬが名主殿の屋敷へ連れて行ってはくれぬかな」

「へい。畏《かしこ》まってございます」

喜平は鷹之介と話すうちに、これはとてつもなく大した人かもしれぬと思い始めたようで、大いに恐縮しながら、鷹之介一行を名主の許へと案内してくれた。

山間の小さな村とはいえ、広場から名主屋敷がある小高い丘までの道を辿ると、田畑を通る畦道《あぜみち》に至るまで、雑草は刈られ地面はならされ、手入れが行き届いている。

村人達は何ごとに対しても勤勉で、それを汚されたくないという気持ちが、他所者を受けつけぬのであろうか。

そんなことを考えていると、すぐに名主の屋敷へ着いた。

かつてこの地を治めた豪族の居館跡なのであろう。細い堀の向こうには石塁《せきるい》が巡らされていて、その上に築かれた屋敷には、長屋門《ながやもん》があった。

小さな村にしてはなかなかの構えである。

喜平が取次ぎ、すぐに名主の俵《ひょう》右衛門《えもん》が鷹之介を玄関まで出迎え、奥座敷へと通した。

鷹之介は喜平の同席を求め、この地に到着してからの経緯を俵右衛門に伝えても

らった上で、

「名主殿には村を騒がせて申し訳ござらなんだ。これは公儀武芸帖編纂所頭取、新宮鷹之介と申す者……」

いよいよ身分を明かし、若年寄から与えられた、この度の関八州《かんはっしゅう》諸国立入御免の書状を見せた。

「こ、これは御無礼をいたしました……！」

俵右衛門は白髪頭をこれでもかというほどに下げて無礼を詫びた。

「いやいや、面《おもて》を上げてくだされ。このように気遣われてはならぬと、旅の武芸者に姿を変えて参ったのだが、それがかえっていけなかったようじゃ。考えてみれば、怪しまれても仕方がない。ははは……」

鷹之介は爽やかに笑いとばし、すぐに俵右衛門の緊張を解いた。

驚いたのは喜平も同じで、

「村の連中は命拾いをいたしました……。後でわっちが、きつく叱っておきますので、どうかお許しを……」

と、彼もまた平蜘蛛《ひらぐも》のように平伏してみせたが、

「いや、あの者達には名主殿の知り人が、たまさか立ち寄ったと伝えておいてくれぬかな」

と、喜平だけには身分を明かしたことで、彼の面目を大いに施してやった。

その上で漸《ようや》く鷹之介は、

「この村へ参ったのは他でもない。土橋忠三郎という鉄砲の名人に会いたいのだが……」

と、話を切り出したのである。

たちまち俵右衛門と喜平の顔が綻《ほころ》んだ。

「なるほど、左様でござりましたか」

俵右衛門は、武芸帖編纂所の頭取が、村の猟師の名声を聞きつけて訪ねてくれたことを大いに喜んだ。

話によると、この村で鉄砲を扱っているのは忠三郎の他に数人いて、喜平もその一人だという。

「と申しましても、猟師だけで暮らしているのは忠三郎の旦那だけで、わっちらはまあ、賑《にぎ》やかしってところでさ」

喜平は、それに話が及ぶと恥ずかしそうに頭を掻いて、

「それなら、わっちが旦那を呼んで参りましょう」

すぐに屋敷を出んとしたが、

「いや、それには及ばぬ。我らの方から出向くとしよう。案内を頼む……」

鷹之介はそう言うと、鉄太郎と平助を促して立ち上がった。

「お待ちください」

俵右衛門はそれを引き留め、

「ひとまず今日は、ここでお泊まりいただきとうございます」

と願った。

様子から見ると、色々と話したいこともあるように思えたが、鷹之介はもうじっとはしていられなかった。

どのようなところに住み、いかに暮らしているか。一刻も早く、彼の鉄砲の腕と共に見たくなっていた。

「左様でございますか……。それならば、またきっと当屋敷にお立ち寄り願いとうございます」

残念そうな俵右衛門に、

「うむ。きっと立ち寄り、名主殿とも物語りなどしたい。また騒がすこともあるやもしれぬが、どうかよしなにな」

鷹之介はやさしい声をかけると、喜平の案内で、土橋忠三郎が住む裏手の山小屋へいそいそと出かけたのであった。

五

土橋忠三郎の住まいは、名主屋敷からさらに急な山道を辿らなければならなかった。

「お気をつけてくださいまし。この辺りには時折、熊が出ますので」

喜平が身軽な動きで先導しつつ言った。

「熊が出るか……」

鷹之介は、生まれてこの方まだ一度も野山で熊に出合ったことがなかったので、不思議な想いがした。

「へい。時折、でけえのが出て、村の者を困らせております」

「左様か。それゆえそなたも鉄砲を手に追い払いに行くのだな」

「それはそうなんですがねえ。大きな熊にかかると鉄砲なんか役に立ちません」

「それは困ったな」

「まったくで。山神様が時折人を懲《こ》らしめるために、大きな熊をお遣わしになるんじゃあねえか。村の皆はそんな風に言ったりもしておりますです」

「なるほど。そう考えねば納得がゆかぬこともあるのであろうなあ……」

鷹之介は頷《うなず》いた。

山の中の暮らしにはあれこれ危険が伴う。

あらゆる吉凶を占い、災いから逃れんとするのは、村人達の心の支えでもあるのだろう。

村へ来た時に巫女と村人達が見せた態度にも、それが表れていたのだ。

「だがわっちは、山神様のことは満更《まんざら》でもねえと思っているのでございます」

喜平はしかし、怯《おび》えた顔をして鷹之介に言った。

「山神様の遣いだという熊を、そなたは見たのだな」

「へい……。とてつもねえほど、でっけえ熊でございました」

「よく無事でいられたものだな」

「それもまた山神様のお蔭と思うております……。ああ、これは殿様にくだらねえことを申しました。わっちがそんな話をしたなどとは、どうかご内聞《ないぶん》に……」

他所《よそ》から来た者に余計なことは言わぬのが、村人達の決まりごとなのであろう。

喜平は苦笑いをして口を噤《つぐ》んだ。

鷹之介は、理屈で説明出来ぬ事象が、このような草深いところにひとつやふたつあってもおかしくはなかろうと思い、それ以上は問わなかったが、泉が流れる平坦地に出たところであっと立ち止まった。

道の向こうに一頭の熊を見つけたのだ。

喜平は落ち着き払って、

「そのままじっとしていてくだせえ」

と、鷹之介主従に言った。

熊は悠然として泉の水をなめていたが、

「あれは山神の遣いじゃあございません。放っておけばどこかへ行っちまいます」

と喜平が言うように、熊の体長は大きな犬くらいである。

「ひょっとして、仲間がいるかもしれませんので……。念のためやりすごしましょう」

しかし、熊はじっと鷹之介達を睨《にら》むようにして、近寄ってきた。

近づくにつれて、さほどの大きさではないものの、大きな犬とは明らかに違う威風を漂わせていることに恐怖が起こってきた。

白刃を引っ提《さ》げた武士と斬り合ってきた鷹之介であるが、まるで動きが読めぬ獣と対峙すると、いつもとまったく勝手が違った。

しかし、鷹之介と鉄太郎には打刀《うちがたな》があり、平助も道中差《どうちゆうざし》を腰に差している。

いざとなれば抜き打ちに斬る覚悟で、右手を刀の柄《つか》にかけた。

「鉄砲を持ってくればよかった……」

喜平は歯嚙みした。

じっとしていれば、そのうち熊はどこかへ行くはずだと告げたものの、予想に反して近寄って来られると面目がなかった。

「鉄太郎、平助、おれが抜いたら続け……」

鷹之介は、熊退治をするとは思いもかけず、これもまた気儘《きまま》な旅の醍醐味かもしれぬと四肢に力を込めた。

熊はもう三間《げん》（約五・五メートル）ほどのところに近付いていた。

その時であった——。

〝パーンッ！〟

耳をつんざくような銃声が辺りに響き渡った。

いきなりの銃声に鷹之介達は肝を冷やしたが、何よりも驚いたのは熊の方で、一目散に山の奥へと逃げ去った。

一同がほっと息をついたところに、

「ははは、驚かせてしまいましたな」

四十絡みの男が現れた。

菅笠《すげがさ》を被り、毛皮の袖無しに裁着袴。手には火縄銃を持っている。

「ああ、忠三郎の旦那……」

喜平の顔が綻んだ。

彼こそが、鉄砲名人と謳《うた》われる、土橋忠三郎であった。

「すげえ音だったね……」

「ああ、今のは空砲さ」

忠三郎は喜平にそう言うと、見慣れぬ武士である新宮鷹之介主従に小腰を折った。

六

新宮鷹之介は、原口鉄太郎、平助を従え、土橋忠三郎の山小屋に入り、無事に対面を果《はた》した。

山小屋は泉のあるところからはほど近く、

「何だい喜ィさん、鈴も鳴らさずに来たのかい。近頃ちょいちょいこの辺りにも熊が出るのじゃよ」

彼はそう言うと喜平に鈴の束を熊除けに渡し、下山させたのである。

忠三郎の住まう山小屋は百姓家の体で、広い土間の向こうに居床がある。ここは薦《こも》敷でいろりがあり、その奥に納戸《なんど》を兼ねた寝間と畳敷の座敷が続く。

猟師・万造の家を忠三郎が受け継いだわけだが、かつて武士であったというだけあって、山に住み修行に明け暮れる武芸者の庵《いおり》、という趣がある。

土間にはところどころに獣の皮や、鉛玉を作るための用具などが置いてある。

隅には錠の付いた大きな長持《ながもち》があり、ここに予備の鉄砲や火薬が収められてあるらしい。

興味深く家の中を見廻す鷹之介の飾らぬ様子に、忠三郎はすっかりと打ち解けて、

「公儀武芸帖編纂所……。これはまたおもしろい御役所ができたものでござりまするな」

鷹之介からその役儀を聞き大いに感じ入ったものだ。

「さりながら、たかが猟師を訪ねて参られるとは、真に畏れ入ります」

忠三郎は江戸での宮仕えを捨て、人里離れたところで猟師として暮らしている。

鷹之介のような物好きには随分と心惹かれるようだ。

そして彼は江戸の様子と、鷹之介が武芸帖編纂をどのように進めてきたかを聞きたがった。

鷹之介は、鉄砲の極意であるとか、猟師としての武勇伝などをまず聞きたかったのだが、

「いや、お話しする身が、こちらの方からあれこれとお訊ねする無礼をお許しくださりませ。村の者達とは時に酒を酌み交わしたりすることもございまするが、わたしは他所者で、ここの連中とはなかなか話も合いませぬ。それゆえ今は嬉しゅうございまして……」

そう言われると是非もなかった。

この閉鎖的な村にやって来て、万造という猟師の弟子になり、以後は名人と崇められている忠三郎も、初めのうちは先ほどの鷹之介達と同じ仕打ちを受けたのであろう。

猟師として鉄砲に命をかけ、孤高の道を歩むのが忠三郎の存念なのであろうが、話のわかる江戸育ちの旅人に出会えば興奮するのも無理はない。

「ならばまず、わたしの方から話すといたそう。今宵はここへ泊めてくだされ」

鷹之介はそう言って忠三郎を喜ばせると、

「夜は長うござりまするゆえ、今朝仕留めました雉子《きじ》鍋を御用意させていただきまする」

忠三郎は仕留めた雉子を素早く捌《さば》き、薄出汁でせり、ごぼう、油揚げなどと共に煮て振舞った。

山の家でいろりを囲んで食べる雉子鍋。

日が暮れると時折吹きつける風が板戸を叩き、どこか不安な想いを温かな火と、山の恵みが慰めてくれる。

人と酒を酌み交わせば尚さら幸せな心地がする。

こうなると新宮鷹之介は能弁となる。

武芸帖編纂所というおかしな役所で起こる日々の出来事。武芸者達の悲喜こもごも。それに今の江戸の町の風情などを盛り込んで語り聞かせた。

編纂所には、読本《よみほん》作者の顔を持つ中田郡兵衛がいて、いつも講釈師はだしの巧みな語り口で見聞きした話を聞かせてくれる。

いつしか鷹之介はそれに影響を受けていたのである。

「なるほど。はい、左様でございますか……」

忠三郎は笑ったり憂えたり、時には涙を流しながら聞いていたが、相槌を打ちつつ自分の話を交じえるうちに、いつしか鉄砲のことや猟師としての日常を語っていた。

忠三郎は鉄砲を撃つことに子供の頃から憧れを抱き、いつしか武士の身でありながら猟師に転身したという。

この時代、山間の村ではお上の許しを得れば、害鳥害獣を撃つことが自由に認められていた。

あくまでも鉄砲は領主が村人に預けているという体裁を取らねばならないが、田畑を鳥獣から守るためなら、村はいくらでも鉄砲を所持出来た。

となれば、江戸にいるよりも山間の村で猟師になれば、日々鉄砲を撃ちながら暮らせるというものだ。

その想いが高じて、忠三郎は浪人となって、凄腕の猟師に弟子入りせんと関八州を旅して、遂に長田村に万造を見つけ、弟子入りした。そして村人達からは白い目で見られながらも、鉄砲撃ちに精進をして、万造の後継者となり得たのだ。

「それゆえ、鉄砲の修行をしたというほどのものではござりませぬ。ただただ鉄砲が好きで、毎日これに触れて、鳥や獣を撃つうちに師匠の万造が亡くなり、気がつけば名人などと……。まあその、鼻たれ子も次第送り……、というところでございます」

忠三郎は己が半生を振り返り、しみじみとして言った。

そういえば、こんな話を人にするのはここへ来て猟師となってから初めてのような気がする。そんな想いがほろ酔いの頭の中にぐるぐると廻っていたのである。

「だが名人と言われるほどの忠三郎殿じゃ。土橋流砲術とも言うべき極意を得たはず」

鷹之介は、武士が放つ鉄砲には、きっと武芸の趣が込められているのであろう。伝書、巻物のひとつも残しているのではないかと見ていたのだ。

「そのようにお考えいただくのは身の誉《ほまれ》ではございまするが、〝砲術〟〝土橋流〟などと呼べるものはひとつもございませぬ」

忠三郎は恥入るばかりに頭を下げた。

「それでも、狙うた的を外さぬのは、何か心得があってのことでござろう」

「心得……。と申しましても、これというものは思い浮かびませぬが、強いて言うならば、ただ撃つことでございましょう」

「ただ撃つこと……」

「身を捨ててこそ浮かぶ瀬もあり……、そのような言葉がございまするが、撃ってこそ当る弾もあり……、というところで」

「なるほど、ははは、これは言い得て妙だ」

鷹之介はにこやかに頷いた。

彼も武芸の心得として鉄砲の扱い方を学び、何度か撃ったことがある。

だが剣術の稽古と違って、鉄砲はいつでもどこでも撃てるわけではない。

武芸とて同じである。所詮は稽古を積まねば自分に才があるかどうかも見出せないのだ。

「口では言い表せぬものがあるとな……。明日は是非、猟に同行させてもらいとうござる」

鷹之介は、己が目で確かめんとそれを望んだ。

「お安い御用ではござりまするが、頭取に見られていると思いますと、畏れ多くて手許が狂うてしまうかもしれませぬ」

土橋忠三郎は、どこまでも控《ひか》え目でやさしげな男であった。

だが日頃は鳥獣と対し、旅の武士と打ち解けて話すことなど皆無であるからか、

「酒は日頃より嗜《たしな》むくらいにござりまする」

と言っていたものの、嬉しくなりつい過ごしてしまったようだ。

ひとつの問いかけに応える口数が次第に多くなっていった。

「好きな鉄砲にいつも触れていられる……。これほどの幸せはござらぬな」

そのように鷹之介に言われると、

「はい。宮仕えの頃を思いますれば……」

思い出が堰《せき》を切ったかのように溢れ出てきた。

「お恥ずかしい話ではござりまするが、わたしは鉄砲方同心でございまして、頭取にお叱りを受けるかもしれませぬが、将軍家にお仕えしながら、御役を投げ出した不届き者にござりまする」

幕府には鉄砲方という役職があり、そこでは鉄砲の教授、製作、修理など、鉄砲全般について受け持っていた。

代々、井上《いのうえ》組と田付《たつけ》組の二組に分かれていて、田付組には鉄砲磨《みがき》同心という役職があった。

これは幕府が所持する鉄砲を磨く役目であり、土橋忠三郎はそこに勤めていた。

忠三郎は子供の頃から鉄砲が好きで、父について早くから見習い同心として出仕し、鉄砲を磨いた。

しかし、鉄砲の構造には詳しくなっても、なかなか撃つ機会に恵まれない。大好きな鉄砲を手にしつつ、磨くばかりで撃てぬとなれば不満が募る。

何度も上役に鉄砲方同心への御役替えを願ったが、幕府の役職などというものは、与力、同心の数は決まっている。

一代抱えといいつつも実質は世襲であったから、容易《たやす》く役替えなどとはいかなかった。

業《ごう》を煮やした忠三郎は、逆に支配からの不興を買い致仕《ちし》することになる。

「どうせ、三十俵二人扶持の同心でござりまする。そんなものにいつまでもぶら下がっていたとて男の本懐は遂げられぬ。こうなればどこかの山へ行き、猟師となって鉄砲を撃ちまくってやる……。そう思い立ったのでござります……」

「そうして、鉄砲名人となった。悔いは露ほどもござるまい」

「はい、悔いなどござりませぬ！　ござりませぬが……」

酔いは様々な自責の念をも呼び起こすのか、忠三郎は自嘲を浮かべて、

「その折は、色々な人に難儀をかけました。それだけは今もこの身を苛《さいな》みまする」

吐き出すように言った。

「御妻子もその中に……？」

「いかにも左様で……。まったくわたしはたわけ者でござりました。浪人したとて、妻は子を連れて山間の村へ共に旅をしてくれるものだと思うておりました……」

忠三郎の妻女は神官の出で、武家の養女となり忠三郎に嫁いだが、そんな山の中で我が子を世捨て人のように育てたくはないと、子供を引ったくるようにして実家へ帰ってしまったという。

「妻子にも、妻の養家にも実家《さと》にも随分と詰《なじ》られましてござりまする。とは申せ、それでもわたしは今の暮らしに満足をいたしておりまする……」

辛い思い出ではあるが、人前で話すと吹っ切れたのか、忠三郎の表情に名人の風格が戻ってきた。

「色々と苦難を乗り越えた上での鉄砲名人……。明日が楽しみじゃのう」

鷹之介は思い入れをして、平助と鉄太郎を見た。

「まったくでござります……」

平助は深く感じ入ったが、同じように頷きつつも、鉄太郎の表情に再び翳《かげ》りが表れているのに気付いていた。

七

新宮鷹之介とその従者、原口鉄太郎と平助は、翌朝早々に土橋忠三郎に付いて、山へ入った。

忠三郎は鉄砲一丁を背に担ぎ、腰には山刀を差し、胴乱《どうらん》という小さな鞄《かばん》のような物を身につけた。胴乱には早合《はやごう》という、弾丸《だんがん》と火薬を共に入れた筒が入っている。

その上で手には杖代わりの手槍《てやり》を持った。

「鉄砲は弾を込めるのに手間がかかりますゆえ、一発で仕留められず、襲ってこられたらこの手槍で突き伏せるのでござりまする」

忠三郎は鷹之介達に装備を説きつつ、急な細道を軽快に登っていった。

鷹之介達にも鉄砲を撃ってもらおうと、もう一丁を一行は携えていて、これは鉄太郎が持つようにと鷹之介は命じた。

鉄太郎はその際、何か訴えるような目を鷹之介に向けたものだが、

「鉄太郎、なかなか鉄砲を持ち歩く機会には恵まれぬぞ。心してかかれ」

鷹之介はいつもと変わらぬにこやかな口調で言いつけたのである。

原口鉄太郎は大いに畏まって命に従ったが、鉄砲を持つ手はぎこちなかった。彼は鉄砲に何かの因縁があるのだろうか。

だが武芸帖編纂所頭取が当主である新宮家家中の者が、武芸の選り好みなど出来るはずもない。

鉄太郎はわかりつつ、鷹之介に何か甘えている――。

平助はそのように見てとったが、いつもと変わらぬ鷹之介を前に、一瞬でもそのような態度をとったことを恥じたのか、鉄太郎はしっかりと忠三郎について山道を登っていた。

「山の中はまさしく戦場《いくさば》じゃのう」

鷹之介は勇んで言った。

「はい。戦場でござりまするが、極楽でもござりまする」

いくつめかの山間の峠に出ると、そこから長田村が一望出来た。

若葉繁れる力強い山の絶景からは、生命の息吹が感じられ、確かに極楽浄土から村を眺めているような心地となる。

「ここから村への間に熊や猪などが出ると、田畑が荒らされることになるので、日々見廻るのがわたしの務めにござりまする」

空砲で脅かして山の奥へと戻すのが主であるが、凶暴な獣は実弾で仕留めるそうな。

村からはその礼金が出ていて、仕留めた獲物は、肉や毛皮を売ることで方便《たつき》の足しにしている。

それが忠三郎の生業であった。

猪などを仕留めれば、それなりに金になるが、彼は無闇に殺そうとはしなかった。あくまでも実害を及ぼしている鳥獣しか撃たず、日々村と獣が暮らす境目で、射撃の稽古などをする。

その音で獣は寄りつかなくなるし、自分の腕を上げることになる。

「さて、参りましょう」

忠三郎は、峠から村の方へと下ったところに流れる小川の辺へ出て、そこにある大きな切り株の上に、太めの落ち枝を五寸ばかりの長さにして置いて的とした。

切り株は二つ並んでいて、もうひとつの上にも同様に的を設《しつ》らえて、二十間《けん》ばかり離れたところで、

「撃ってみましょう」

忠三郎は、いよいよ銃口から火薬を詰め、銃身の筒の下に収められている朔杖《かるか》という棒で火薬と弾を押し込んだ。

さらに火皿に着火用の火薬を載せ、火蓋を閉じると火縄を火鋏に装着し、いよいよ発射となる。

その順番も記憶の中であやふやになっていた鷹之介は、ひとつひとつゆっくりとわかり易く見せる忠三郎に、

「これはありがたい……」

と謝して、自らももう一丁の鉄砲に発射の用意を施した。

「よい手際でござりまするぞ」

忠三郎はにこりと笑うと、まず自分の鉄砲を片膝立ちに構えた。

後に開発される銃は、銃床を肩にあてて反動を押さえることになるが、火縄銃は頬にあてて撃つゆえ、構えを安定させるのが難しい。

「いざ……」

忠三郎はやがて狙いを定めて発射した。

乾いた爆発音がしたかと思うと、切り株の的は見事に吹きとんだ。

「お見事……」

鷹之介は感嘆して、自分の鉄砲を忠三郎に倣《なら》って撃った。

頰に衝撃が走り、構えがやや崩れて銃弾は的の後ろの木の幹にめり込んだ。

「う～む、難しい……」

鷹之介は悔しがったが、

「的は外れたとはいえ、あれが人を狙うたものならば命中しておりまする」

忠三郎はそのように評した。

「久しぶりに鉄砲を撃たれたようでござりまするが、何度か撃てばそのうちにきっと的に当りましょう」

なるほど極意も何もない。それを語る以前に、何度も撃たねば、こつさえも摑めぬ。

それから忠三郎は二度撃ったが、もちろん的は外さなかった。

「鉄太郎、平助、そなた達も撃たせてもらうがよい」

鷹之介は二人に勧めた。

「あっしなんぞがよろしいんで……」

平助は嬉々として撃った。

的に当ることはなかったが、鉄砲をいかに扱い撃つかを会得して、彼は大いに興奮した。

鉄太郎は、硬い表情で射撃に臨んだが、

「鉄太郎、おれよりも筋がよいな」

鷹之介が冷やかすほどに、彼の射撃の姿勢や構え方は様になっていた。

「もう一度撃たせてやってくだされ」

鷹之介の願いで、鉄太郎は三度撃ち、三度目には的を僅かにかすり揺らした。

「おお！　これは見事じゃ！」

無邪気に喜ぶ鷹之介を見て、昨夜からの彼のぎこちない表情に笑みが戻った。

「忠三郎殿ほどになれば、さらに遠間《とおま》からでも的を撃ち抜くのであろうな」

鷹之介の問いかけに、忠三郎ははにかんで、

「三十間離れていても撃ち抜いてみせましょうが、猟師としては決して誉められたものではござりませぬ」

と、首を振った。

鷹之介は小首を傾げて、

「猟師としては誉められぬと？」

「いかにも。猟師たる者、腕を誇らずに、確《しか》と獲物を仕留めることが肝要《かんよう》にござりましょう。獲物に悟られずに、何として狙いを付け易いところへ近付けるか。それこそが極意と存じまする」

「うむ！　道理だ！」

鷹之介は感じ入った。

「それは猟師に限らず、砲術にも言えよう。飛び道具を使う折は、どの位置から狙えばよりよい戦果をあげられるか。これに尽きる。兵法とも申すべきか……」

その想いが確かになった時、辺りに鳥獣の気配は一切なくなっていた。

八

一行は、いったん土橋忠三郎の山小屋へ戻った。

この後、昼から忠三郎は猪を狙いに行くという。

的と狙う猪は、少し前から山道で村人を襲い、畑へ下りて作物を荒らしているらしいが、狩りに鷹之介達三人が付き添うと邪魔になるだろう。

それゆえ鷹之介は鉄太郎を忠三郎に付け、

「しっかりと見て、おれに伝えてくれ」

そのように伝えた。

「わたくしが、でござりまするか?」

鉄太郎は目を丸くした。何でも自ら試さねば気がすまぬ鷹之介が自分に託すとは、思いもかけなかったのだ。

しかし鷹之介は、

「名主殿が何か話したいことがあるような……。ちとそれが気になってな」

と言う。

確かに名主の俵右衛門は、何か話したそうな素振りを見せていたが、そんなに急いで応じることもあるまいに――。

鉄太郎は目をしばたたかせたが、

「そなたに見届けてもらいたいのだ。あのような風変わりな名人に会えることは滅多にない。色々と学ぶがよい」

鷹之介はそのように耳打ちすると、力強く頷いてみせた。

「畏まってござりまする……」

鉄太郎は、鷹之介の自分への想いがわかったようで、神妙な表情となって威儀を正した。

「忠三郎殿、まずこの者に御教授願いとうござる。某《それがし》は来て早々村を騒がせてしもうたゆえ、ちと名主殿の許へ顔を出して参ろう」

そうして鷹之介は、委細お任せあれと胸を叩く忠三郎と、いったん別れた。

酒の酔いと、江戸の旗本がわざわざ自分を訪ねてくれた興奮が合わさり、昨夜はつい語り過ぎたかと決まりの悪さが忠三郎にも残っていた。

朝の内は射撃ですべてを紛らせたが、一段落がつくとまた恥ずかしさに襲われていたので、彼にとっても鷹之介の名主屋敷行きはありがたかったのである。

「昨日の熊が出ることはまずあるまいと存じまするが、念のために火縄を点《とも》しつつ、出てきたらこれを投げつけてやってくださればよろしゅうございます」

忠三郎はその際、腰につける鈴と、手製のごく小さな焙烙玉《ほうろくだま》を鷹之介に手渡した。

これに点火して投げつければ、大きな音と共に焙烙が破裂し、まず熊は逃げ出すと言う。

「山神の遣いが出ぬことを祈るといたそう」

鷹之介は笑って押し戴くと、

「山神の遣い？　ああ、村の者達の噂でござりまするか。そのようなものはまずおりませぬゆえ、お気になされませぬように……」

忠三郎は少し冷ややかに言った。

山神の遣いなどと迷信めいたことで大熊の存在を言い立てるのが、彼にとっては困ったものだと思っているようだ。

鷹之介は、喜平から聞いたとは言わなかったが、彼が遭遇したという大熊に、忠三郎は出合ったことはないらしい。

喜平が動顚《どうてん》して大熊と思い込んだのかもしれないが、

「いずれにしても不穏が村に漂うているような……」

名主屋敷への道すがら、鷹之介は供の平助に呟くように言った。

「左様でございますねえ……」

平助も眉をひそめてみせたが、彼の疑問は今そこにはあらず、原口鉄太郎が何度か見せた翳りにあった。

「殿様、あっしはどうも鉄様の様子が気になるのでございます」

平助は山道を抜けると、その想いを主にぶつけた。

鷹之介は、平助が気になっているであろうことは、よくわかっていた。

「その話もしておきたかったゆえ、あ奴を一人残してきたのじゃよ」

「いってえ何が……」

平助は耳を思い切り傾けた。

「今までこの話はそなたにしておらなんだのだが、ここまでぴたりと重なるとは思わなんだ」

鷹之介はふっと笑うと、

「実はのう、鉄太郎の親父殿もまた、公儀の鉄砲方にいたのだ」

鉄太郎の生い立ちを語り聞かせた。

彼の父・原口鉄之丞《てつのじょう》は、鷹之介の生母・喜美《よしみ》の姪を妻としていた。

身分は井上組の与力であった。

井上組の長は、外記《げき》流砲術を受け継ぐ井上家が務めている。代々、左太夫《さだゆう》を名乗り、国産の銃器を受け持つ。

輸入銃を扱う田付家は、田付流砲術で、土橋忠三郎はこの組の同心であったわけだ。

そしてこの原口鉄之丞もまた、砲術に取り憑かれた変わり者であった。

彼の場合は鉄砲ではなく、大砲に魅せられてしまったのだ。

鉄砲であれば、射撃場で撃つことは難しくもないが、大砲となれば容易《たやす》いものではない。

しかし、先年蝦夷《えぞ》地へのロシアの侵攻などがあり、泰平の世が少しずつ揺らぎ始めていた。

幕府も国防への備えを意識するようになり、

「大砲だ！　これからは大砲を整えねばならぬ！」

と、鉄之丞は意気込んだ。

ところが、これもまた土橋忠三郎と同じで、鉄砲方与力は目の前の鉄砲について考えればよいことで、鉄之丞の大砲整備についての献策などまったく相手にされなかった。

「こんなことではいかぬ」

鉄之丞は義憤を覚え、遂に致仕して長崎へと向かった。

鉄太郎は母と二人で江戸に残された。

そのうちに西洋の大砲を扱える、立派な砲術家になって江戸に戻ってくる――。

意気込みはよかったが、長崎に行ったからとて大砲が撃てるわけでもなく、夢を語るうちに鉄之丞はこの地で客死《かくし》してしまった。

母は実家で鉄太郎と二人肩身の狭い暮らしを送るうちに亡くなり、鉄太郎を不憫《ふびん》に思った鷹之介の母・喜美が、新宮家に引き取ったのである。

新宮家とて三百俵の旗本である。浪人の身となった鉄太郎を、若党として迎える

のが精一杯であったが、

「鷹之介が世に出れば、鉄太郎の身分もよくなりましょう」

と、考えたのだ。

鷹之介には兄弟もなく、十三で家督を継いでいた。弟のような年恰好の家来がいるのは鷹之介にとっても心強かった。

それから十年近くの歳月が流れていたものの、鉄太郎の胸の中には、無分別に夢ばかり追い求め、母と自分を捨ててしまった不甲斐ない父への怒りが残っていた。

それゆえ鉄砲を撃ちたいがために宮仕えを投げ出し、妻子と別れて山に籠《こも》り猟師となった土橋忠三郎には、どうしても馴染めないのだ。

鷹之介は武芸帖編纂所頭取として、あらゆる武芸に通じねばならない。

武士の身で猟師となったが、鉄砲の名人と謳われる忠三郎に、このような旅の折に是非会っておきたい想いはよくわかるし、家来としてはただ付き従うしか道はない。

だが、井上組と田付組の違いはあれど、鉄砲方に勤めていたというところまで同じだと、さすがに気分が重くなってしまう。

主君の鷹之介は兄のような存在でもある。

ほんの少しだけでもよい。自分の想いを汲んではもらえぬであろうか。そのような願いが鉄太郎の心中にあったに違いない。

平助は話を聞くと溜息をついて、

「鉄様は、殿様に甘えているのでしょうねえ」

ほのぼのとした笑みを浮かべた。

「おれもまだまだ子供だが、鉄太郎はもっとひどい。おれに甘えて、見とうないものには目を瞑《つむ》る癖があるゆえ、あ奴を一人残してきたというわけだ。いけなかったかな」

平助は中間とはいえ、鷹之介より十以上も歳上で、人情を知っている。それゆえ鷹之介は訊ねてみたのだが、自分ごときに訊ねてくる主に平助は胸が熱くなる。

「いえ、殿様はやはり大したお方でございます。若え頃《わけ》の気の迷いは、人との出会いで一気に吹きとぶものでございます。鉄様もこれで、亡くなった親父様を許すことができるんじゃあねえですかねえ……」

うっとりとした声で、忠三郎に付いて狩りに向かう鉄太郎に想いを馳せたのであった。

九

「山の細い道で猪とばったり出合えば、鉄太郎殿はどうなさる？」

「腰に刀を帯びていれば、これを抜いて相対します」

「相対するのはよろしいが、すぐに刀を抜くのは考えものでござるぞ」

「寄らば斬る……、そのように脅してはいけませぬか」

「そのような素振りを見せると、猪もまたいきり立つものでござる」

「では、お前なぞ相手にせぬ。早う立ち去れい。そのような素振りがよいと……？」

「己が家の庭に、見知らぬ者が入って来て、そのような様子を見せれば、鉄太郎殿はどうなさる」

「それは……、なるほど、まず猪を怒らせぬようにいたさねばなりますまいな」

「左様でござる。ここはお前の縄張りであったか。踏み入ってすまなんだ。ちと通してはくれぬかな……。そのような想いを込めて相対すれば猪も襲いかかってはこぬものでござる」

「慌てて身構えたり、逃げようとしたりしては、猪を奮《ふる》い立たせるばかりと……」

「その通りにござる。背を見せず、ゆったりとした動きでそっとその場から離れるのが何より」

「心得ました。とは申せ、物わかりのよい猪ばかりでもござりますまい」

「いかにも。人も猪も同じで、何かというと突っかかってくる破落戸《ならずもの》もおりまする」

「話し合いの余地がない、たわけ者はどこにもいるもので……」

「その奴を、これから仕留めに行くのでござるよ」

原口鉄太郎は、亡父への感傷に浸る間もなく、忠三郎と猪の行方を追っていた。

件《くだん》の猪はこのところ連日、村人に目撃されていて、二人が突進を受けて大怪我をした。

鉄砲を所持している喜平達村人が罠を仕掛けたりもしたが、こ奴はなかなかに頭がよく、それにかからなかった。

喜平達は、今日も朝から二人一組で行方を追ったが埒が明かず、忠三郎は独自でこれを狙っていた。

猪の出没場所は、忠三郎の住まいからは村側に下りてさらに繁みに分け入ったところに繋がる小道であった。

忠三郎は猪の足跡を捜し、獣の糞を調べ、耳を澄ました。

鉄太郎にはまるで何も聞こえなかったが、忠三郎にはわかるらしい。

「ここを通るはずでござる」

遠くに気配がすると言う。

「待ち伏せるといたそう」

彼は鉄太郎を促し、小道の傍らの窪地に体を入れて、じっと猪を待った。

鉄太郎もまた忠三郎の脇に、予備の鉄砲を手にして身を潜《ひそ》ませた。

「根気のいることでございますな」

「じっと待つのも猟師の術でござる」

忠三郎は苦笑すると、やがてしんみりとして、

「とは申せ、このように獲物を待っていると、おれはいったいここで何をしている

のだろうと、我がことながら時折不思議な想いにかられてござる」

鉄太郎を見つめながら言った。

「とにかく鉄砲を撃ちたいという想いが募り、猟師となってその願いは叶《かの》うたものの、繁みに伏して猪を待ち伏せる己が姿を見れば、倅《せがれ》は何と言うだろう、などと……」

「倅殿のことは思い出されますか?」

鉄太郎は訊ねた。

「思い出さぬ日はござらぬ。今も鉄太郎殿が傍にいると、いつか倅と獲物を待ち伏せられたらどれほどよいか、そんな叶うはずのない夢が頭の中に浮かぶ……」

「叶うはずのない夢でしょうか?」

「倅はわたしを恨んでおりましょう」

鉄太郎は自分の境遇をぶつけるべきかと思案したが、そうすることで今の忠三郎との会話を途切らせたくはなかった。

鉄太郎は父・鉄之丞を恨んでいた。

だが父を恨まねばならぬ己が心を、何よりも恨んでいたのだと悟った。

草木の匂いを嗅ぎ、山の繁みに身を任せ、父が日々向かい合っていた鉄砲を手に、忠三郎の供をしていると、

——おれが忠三郎殿の息子なら、今ここにいる父を見れば、決して恨みはしないだろう。

そんな感情が込みあげてきた。

「倅殿がもしここに現れたら、何と言葉をかけますか？」

「倅がここに？」

「詫びますか？」

「詫びるつもりはござらぬ」

忠三郎はきっぱりと言った。

「武士が、男が志を立てたのでござる。日々鉄砲を磨く暮らしより、日々鉄砲を撃ち村の人々の役に立つ暮らしを選んだことを恥とは思わぬ。妻は倅を連れ、わたしの前から去った。だがわたしは罪咎を犯し、別れを余儀のうさせたわけではなかった。わたしと倅には、それぞれの道が与えられたわけでござる。鉄太郎殿は、親父殿と同じ道を歩まれたか？」

「いえ……」

「同じ道を歩んだ方が幸せでござったか？」

「いえ、新宮家にお仕えできたことをこそ幸せに思うております」

鉄太郎の言葉に、忠三郎は目を細めて何度も頷くと、彼は鉄砲を点検しながら、

「詫びはいたさぬが、倅と別れていた間に得た己が宝をもって、倅に何かしてやりたい。たわけた親父と思うたが、今となってはありがたいと思わせてやりとうござる」

と、低い声で言った。

「倅殿は幸せ者でござりまするな」

鉄太郎は感慨深く応えた。

父と別れていた間、父は鉄砲の名人となり誰からも崇《あが》められている。息子というだけで、その栄誉を得られるのだ。何かしてもらわずとも、息子は既に宝を得ている。

鉄太郎の言葉にはその想いが込められていた。

——そうだ。自分が抱いてきた父への怒りは大人になったというのに父と向かい

合えない無念さなのだ。己が志も半ばに何故死んでしまったのか。おれはそれが許せなんだのだ。

樹々の隙間から春の陽光が射し込んできた。

それと共に、鉄太郎の心の靄《もや》も消えていく。

若者の表情に表れる感情の動きは、忠三郎の目からは何よりも美しく思えた。

彼もまた何か訊ねて、この場が気まずくなってはならないと、鉄太郎の過去については何も問わなかったが、

——別れた倅も、このように爽やかな男であってもらいたいものだ。

忠三郎は鉄太郎に己が倅を投影していたのである。

いつしか刻《とき》が過ぎていた。

ふと忠三郎は体中に緊張を走らせた。

「奴が来る……」

そして囁くように言うと、鉄太郎に目で合図をした。

既に二丁の銃に弾は込められてある。

小道の向こうから悠然として猪が姿を現した。

「いざ勝負だ……」

忠三郎は、陰から狙い撃ちをせず、自らも道へ出て対峙した。命を奪うのだ。武士らしく正面切って勝負をする――。

それが忠三郎の流儀であった。

一発目をもし外せば、鉄太郎がもう一丁を渡して、自分は木の陰で手槍を構えて成行きを見守る。

忠三郎は木に登るように言ったが、助太刀をいたさねば原口鉄太郎の男がすたる。

猪は勝負を予感していたのであろうか。山の王者の風格を漂わせて、忠三郎を睨みつけながらゆったりと近寄って来た。

実に大きい。昨日見た熊よりもはるかに大きい猪であった。

「お前に恨みはないが、お前のために酷い目に遭わされた者がいる。お前は空砲では逃げぬ。罠も効かぬ。ゆえにその命、もらい受ける」

忠三郎は猪に語りかけながら、立ち撃ちに銃を構えた。

猪は魔物のような声をあげた。

それが戦いの印なのであろう。忠三郎を威嚇《いかく》すると前脚を地面にこすりつけ、今にも駆け出さんとした。

その時であった――。

「パーンッ!」

と銃声がして、眉間を撃ち抜かれた猪はその場にどうっと倒れた。

忠三郎はゆっくりと猪に近寄ると、厳《おご》そかに合掌した。

鉄太郎は、その妙技をまのあたりにして、

「お見ごと!」

などの言葉では忠三郎に対してあまりに無礼ではないかと、自分もまた無言で猪に手を合わせた。

その刹那《せつな》、彼の表情から一切の翳りが消え去っていた。

――殿……。

鉄太郎は、主の鷹之介が何ゆえ自分一人を土橋忠三郎に付けたかよくわかった。

「鉄太郎、おれも大人の男にならんと日々あがいているのだ。お前もあがけ、互いに早う大人になろうではないか」

鷹之介の声が聞こえてきそうであった。

そして彼は今、一人の大人の男の目から、亡き父・鉄之丞を見ることが出来た。

大砲に取り憑かれて、鉄砲方与力の地位を捨て、妻子を投げ出して長崎へ行った父は、迷惑この上もないたわけ者であった。

だが、そのたわけ者のお蔭で、この身は新宮鷹之介という素晴らしい主君に仕えることが出来た。

翳りが消えた鉄太郎を見た時、きっと鷹之介は、

「鉄太郎、よいものが見られたようじゃな。ははは、お前が鉄砲を持つ姿、なかなか様になっているぞ」

などと言って笑いとばすであろう。

その時は、

「わたしは原口鉄之丞の倅でござりますゆえ。さりながら、一度で好いゆえ、父に大砲を撃たしてやりとうございました」

と、笑顔で応えようと、今鉄太郎は思っていた。

第二章　山神の遣い

一

原口鉄太郎が、土橋忠三郎の狩りの供をして、鉄砲に対する微妙なわだかまりを克服していた頃。

新宮鷹之介は、名主の俵右衛門から、

「新宮様にお縋《すが》りしたいことがございます」

と、内々の相談を受けていた。

「どこまで役に立てるかは知れぬが、某にできることがあれば何なりと……」

正義感と好奇心に溢れた鷹之介である。

まず俵右衛門の話を聞かずにはいられなかった。

「ふざけた話だと、怒らずにお聞き願いとうございます」

俵右衛門は言い辛そうにしたが、

「名主殿が、わざわざふざけた話をするはずもなかろう」

そのように言う限りにおいては、なかなかに入り組んだ話なのであろうと、鷹之介はむしろ興をそそられた。

「畏れ入りまする……」

「何やら村に騒ぎが起こっている、そのような話かな？」

鷹之介は言葉を投げかけた。

俵右衛門はたちまち落ち着かぬ様子となった。鷹之介は頷いて、

「我らが村に入った時から、そのような気がしていた」

「あの折は、ご無礼をいたしました」

「それゆえ、村の者達も気が立っていたのじゃな」

「そう思《おぼ》し召しくださいますと幸いにございます」

「騒ぎの元は何じゃ」

「それがその、村に伝わる呪い、祟りの類にございます」

俵右衛門は苦い顔をした。

「なるほど、あの折の巫女《みこ》といい、この村には何か因縁が取り憑いているのであろうな」

「ただの思い込みでございます。とは申しましても、山深い村のことでございますから、どうしても呪いや祟りなど言い伝えを信じてしまうのでございます」

「それは悪いことでもなかろうよ。してその昔の話とは？」

「はい。昔と申しましても、それが何年前のことであったかは確と知れませぬが……」

「昔話というのは、そういうものだ」

「畏れ入ります」

俵右衛門はふっと笑うと、村の伝承を語り始めた。

その昔、美しい銀色の毛並をした犬が忽然と村に現れた。

その年は豊作となり、この犬はきっと神の遣いではないかと村人達は噂して、犬を大事に育て面倒を見た。

ところが、その犬の毛並があまりに美しいので、欲に目が眩《くら》んだ男がこれを打ち殺し、犬の毛皮を密かに売った。

毛皮は思いの外《ほか》高く売れたので、男はほくそ笑んだ。

村人達は犬がいなくなったので心配したが、数日後にまた姿を現したので安堵《あんど》した。

だが男だけは殺したはずの犬が再び現れたので驚いた。犬に兄弟でもいたのであろうか、それならばこの犬もまた密かに毛皮にして売ってやろう、すぐにそんな悪心が生まれたのである。

そうして男は前と同じように、犬の様子を窺い、巧みに藪《やぶ》の中に追い込み捕えようとした。

すると、犬はたちまち大熊に変じ男をずたずたに引き裂いた。

それから熊に襲われる村人は跡を絶たず、

「これはきっと、山神様がお怒りになられたのに違いない」

村人達はそのように考えて、殺された犬のために小さな社《やしろ》を建てて、神として祀《まつ》った。

その社には巫女を一人置いた。

初めは神官もいたが、山を襲った嵐で崩れた土砂に襲われ落命した。

そこで巫女が一人天に祈ったところ嵐も収まり、それ以降は村に平和が訪れたので、社には代々巫女が一人で仕えることになったのである。

「なるほど、その巫女が〝いちこ〟と呼ばれている、あの女なのでござるな」

「はい。昨日のことはどうぞ許してやってくださりませ」

俵右衛門は再び詫びた。

「いやいや、あながち巫女の言うことは間違うてはおらぬかもしれぬ」

鷹之介はからからと笑った。

俵右衛門は畏れいったという表情で、

「〝いちこ〟は哀れな娘でございまして……」

彼女はおいちという貧しい小作人の娘であった。

父親はおいちがまだ幼い頃に亡くなり、母親は旅の男と通じ、おいちを置き去りにして村を出て行ってしまった。

巫女は生涯独り身を貫かねばならないが、村人からは崇められ、食べるには困らない。

それゆえどうしようもない境遇の娘で、縹緻《きりよう》がよければ巫女に据えられることが多かった。

これも村の貧民救済のひとつであるらしい。四十になれば座を退き、巫女の後見《こうけん》をして暮らすのだが、先代の巫女は四十を待たずに亡くなり、今、社に仕えるのはおいち一人だという。

おいちの亡父は、来たるべき娘の惨状を予感してて、せめて巫女となれるよう〝いちこ〟に因《ちな》んでその名をつけたのであろうか。

母親が旅の男と通じて自分を捨てたのだ。

他所者に対する憎悪は、未だに胸の内にあるのかもしれない。

それが鷹之介一行に対しての態度に出たとしたら、不憫《ふびん》ではないかと心やさしき鷹之介は思うのだ。

ともあれ、長田村は犬と熊と山神の伝説を村の自治に上手く取り入れてきたと言える。

平穏を取り戻した村ではあるが、村内で欲に絡んだ諍《いさか》いが起きると必ず山神の遺いの大熊が現れ村人を襲う……。そのような言い伝えが生まれ、村人達の争いを防いだのである。

そういう伝承は、恐らく徳川家五代将軍綱吉《つなよし》が発した〝生類憐《しょうるいあわ》れみの令〟の頃にまとめられたものと思われる。

稀代の悪法と言われたが、このお触れには、牛馬犬猫に至るまで生きとし生けるものに、酷い仕打ちをするな、憐憫《れんびん》の情を持てという意図があり、武断から文治へと国家を導く上では意義があった。

そしてそれから百年以上も経ち、この伝承は村の道徳の教えとして定着していた。

「ところが、また山神の遺いの大熊が現れたと、村に騒動が起こったのでございます」

二

その騒動は、村の入会地《いりあいち》の一部を、

「そもそもこの土地はわっちのものだったはずだ」

と、根太七《ねだしち》という百姓が言い立てたところから始まった。

確かに根太七の曾祖父が、今は入会地に組み込まれている一画を耕していたことがあった。

しかしそれは、かつて天災によって田畑を土砂で埋められてしまった根太七の曾祖父が、その救済のために入会地の耕作を許されたからだと俵右衛門は理解していた。

根太七の曾祖父は、荒地であったところまで開拓し、息子の代になってこれを返納したのだが、新たに開拓した田畑はやがて根太七の家のものになると聞かされていたはずだと主張したのだ。

俵右衛門にしてみれば、根太七の曾祖父が開拓したところに限っては、根太七の所有としてもよいのではないかと思うのだが、

「根太七の奴は勝手なことを吐《ぬ》かしやがる」

と、異を唱える者も多かった。

あの開拓地は、根太七の曾祖父が、

「入会地を耕させてもらった礼さ」

と言って返納したものだと彼らは言う。

入会地は村の共有物であり、それは名主が管理して、そこからの収益は村人に分け与えられることになっている。

それを今になって根太七が主張するのは納得がいかないと反発したのだ。

根太七は村では五人組を務める百姓であるが、吝嗇《りんしょく》で口うるさいので、村人からは嫌われていた。

何かことあれば絡んでやろうと考えている百姓も多い。

それがこの問題で噴出したのである。

根太七の他の五人組は、与平《よへい》、吾作《ごさく》、利吉《りきち》、さらに鉄砲撃ちの喜平が務めている。

この中で喜平は根太七の縁者にあたり、

「根太七はいけすかねえ男だが、何ごとにも正直な男だ。奴には奴の言い分があるのだから、諍いは止めて聞いてやろうじゃあねえか……」

不満を顕《あら》わにする三人を宥《なだ》めていた。

男振りもよく腕力もあり、人当りのよい喜平は村人からの人望がある。

それゆえ喜平には何も言えず、五人組の内では目立った言い争いは起こっていな

かったのだが、そのうちに根太七が、

「こいつはひィ爺様が遺した書付だ」

と言って、他の四人に開拓地が自分の物だという証拠を突きつけたので、遂に喧嘩が始まった。

根太七が見せた書付には、孫の代までは新たに切り開いた畑は入会地として名主に預けるが、その後は自分達の物になるゆえ、心しておけ、という旨が認《したた》められていた。

「たわけたことをぬかすな！」

まず与平が嚙みついた。

そんな書付なら誰でも作ることが出来ると言うのだ。

ひィ爺ィ様が書いたとしたら随分昔である。この書付が本物かどうかも疑わしいと、吾作、利吉も言い立てた。

喜平は根太七の縁者であるだけに困り果てたらしいが、

「とにかく、名主様に問い合わせればよかんべ」

と提案をした。

それが道理であろうと、一同は納得して名主の俵右衛門に、この書付を見てもらった。

俵右衛門は喜平以上に当惑した。

根太七の曾祖父が書いたと言われても、昔のことで俵右衛門自身、覚えがあるわけではない。

書付を読めば、昔に名主の先祖と口約束があったのかもしれないが、根太七が主張する書付に対する名主の書状が、屋敷には遺されていなかった。

俵右衛門にしてみれば、村の長い歴史の中で誰の所有かわからなくなってしまった土地は入会地に組み込み、名主の差配で村人の共同管理としているだけなのだ。

そこからあがる収益はそれほどの額ではなく、皆に分け与えたり村の入用に充《あ》てられていたが、交代で耕作するのは村人達の負担にもなっていた。

僅かばかりの田畑なら、根太七に返還してもよいと思っていた。

根太七の曾祖父が熱意を込めて、開拓したのは事実であるし、

「この書付は怪しいものではなさそうだ。それならひとまず十年後に、根太七殿に渡すことにしよう」

俵右衛門は期限を切っての返還を認めた。

与平、吾作、利吉は納得がいかなかった。

銭金の問題ではなく、どこまでも欲深い根太七の主張が通るのがおもしろくなかったのである。

こうなると感情が先立つ。

俵右衛門はその反発を解して、十年の猶予を条件に入れたつもりであった。

件の三人には、

「十年の間に何が起こるかわからないのだ。昔のことが明らかになる書付とか書状とかが、新たに出てくるかもしれぬではないか」

そのように宥めておいた。

やがては壮年の三人も年老いる。

その頃になれば根太七との仲も好転しているかもしれない。

本音ではそのように考えていた。

だが一度揉《も》め始めると、男達の確執は一層の深まりを見せた。

互いの小作人を巻き込んでの喧嘩口論が方々で起こり、俵右衛門を悩ませたのであった。

俵右衛門は、五人組の中で一番話のわかる喜平と相談して、四人を叱り、諭したし、喜平も四人の間を駆け廻った。

変わり者で村人からの評判は芳しくない根太七であったが、彼にはなかなかに財力があるので、中には味方を買って出る者もある。

百人足らずの村が二つに分かれて争うようなことになれば、自治もままならない。

不穏な空気に包まれ始めた時に、

「根太七が、山で大熊に襲われて死んでしもうたのでございます」

俵右衛門は、苦虫を嚙み潰したような顔で言った。

「左様か……」

喜平が土橋忠三郎の家へ案内してくれた時に話していた熊とはそのことであったのかと、鷹之介は頷いた。

その日、根太七は件の入会地の畑をそっと見に行こうとしていたようで、裏山の方から道を辿っていた。

喜平がそれを察し、人気のないところで誰かに遭遇して喧嘩が起これば、命に関わると思い、猟へ向かう途中、鉄砲を手に跡を追っていた。

「根太七殿……」

その姿を見かけて喜平が声をかけた。

根太七が喜平に気付き、振り返った時であった。地響きがするかのような野獣の咆哮《ほうこう》がしたかと思うと、見たこともないような大きな黒熊が傍らの繁みから現れた。

喜平も根太七もその刹那、恐怖で足が竦んでしまった。

大熊は根太七に襲いかかり、かわそうとした根太七はそこから谷へ転がり落ちた。

喜平はやっとのことで熊に近寄り、鉄砲を放った。

銃弾は確かに熊に命中したはずだが、胸ではなく肩辺りだったようだ。

熊は倒れることなく、そのまま谷へ駆け下りた。

喜平は鉄砲に弾を込めて、熊を追おうとしたのだが、ふと気付くといつの間にか熊に左肩を叩かれていた。

恐怖と緊張で、痛みがわからなかったらしい。

「畜生め……」

喜平は熊の爪で裂かれた肩から血が噴き出しているのを認め、痛みが込みあげてきて、たじろいだ拍子に岩に躓《つまず》き頭を強打して気を失ってしまった。

ふと目が覚めると、銃声を聞いて駆けつけた槌太郎《つちたろう》という村人に助けられていた。

「根太七殿が……」

喜平が急を告げ、村の男達が総出で谷を探った。

すると、無惨にも腹の辺りを食いちぎられた根太七の骸《むくろ》が岩場の陰から見つかったのであった。

根太七は村人からの人望がなく、彼の味方をしていた連中は、根太七からの礼が目当てであったから、彼の死にさほどの動揺がなかった。

しかし、そのむごたらしい死に様をまのあたりにすると、大熊への恐怖が募った。

自《おの》ずと村人達は、

「これはやはり、山神様の祟りではなかろうか」

人と会えばそんな噂をし合うようになった。

折しも根太七は、入会地のことで村の者達ともめていた。

数日前から巫女のおいちは、

「山神様が、お怒りになられている……」

と、村の諍いがとんでもないことを引き起こすのではないかと憂えていたという。

「それで、このところどうも村が落ち着きませぬ」

俵右衛門は大きな溜息をついた。

根太七はやや人格に欠けているところはあったが、五人組の一人として村を支えてきた節もある。

根太七には子がなく、そのうち嫁に子が出来なかった時は、どこからか養子を迎えると言っていて、

「その折は、名主様に指図してもらいとうございます」

と予々《かねがね》口にしていた。

それがこんなことになれば、俵右衛門はその手当もしなければならない。

「喜平殿はその根太七殿の縁者とか？」

鷹之介は、彼に男子が二人いれば、一人を根太七の養子にすればよいと思った。

「はい、それはわたしも思うております」

しかし、根太七を守ってやれなかった喜平は、男子二人を持ちながら、

「名主様、今はそのような気持ちになれません」

二男を養子にやってはどうかという俵右衛門の問いに、首を縦に振らなかった。

今のところは、根太七の女房・おぬいが気丈に家を取り仕切り、

「急ぐことなく、名主様に先のことを進めてもらいとうございます」

と話しているので、ひとまずは安泰であったが、俵右衛門は正直者で好々爺然《こうこうや》として、穏やかに村の束ねをしてきたのは、見た目に明らかだ。

村の中で土地を巡って諍いが起こり、自分の代になって、山神の遣いと言われる大熊が現れて人を襲ったとなれば、うろたえるばかりであった。

「何卒《なにとぞ》、新宮様のお力を賜りとうございます」

ちょうど村にやってきた、頼りになりそうな若殿に縋りたいのは無理もなかった。

「話はようわかったが、これが山神の祟りとなれば、わたしのような他所者に収められるはずもない」

鷹之介はそのように断りを入れつつ、不思議と思える事象には、必ず何かが隠されているはずだ。それを調べ、明らかにしていくのも役割ではないかと考えた。

ふっと、この話の顚末《てんまつ》を楽しそうに聞き入る将軍・家斉の顔が浮かんだ。

「とは申せ、祟りや呪いなどというものを認めとうはない。根太七が何ゆえ死なね

ばならなんだか、それを考えてみよう」

と、鷹之介は胸を叩いてみせたのであった。

三

「そのようなことは役所に任せておけばよいのでは……」

原口鉄太郎が眉をひそめた。

彼は土橋忠三郎の供をして、大きな猪を仕留め、意気揚々たる足取りで名主屋敷にいる新宮鷹之介、平助主従に合流した。

鷹之介は名主の俵右衛門の要請を受け、ひとまずここを根城に、村の騒動の鎮静化に着手せんとした。

鉄太郎は騒動の概容を鷹之介から伝えられて、思わず件の言葉を口にしたのである。

鉄太郎にしてみれば、大砲に魅せられ浪人となって長崎で客死した父・鉄之丞へのわだかまりが、同じような理由で猟師となった忠三郎の生き様に触れて取り払われたばかりであった。

そもそもこの村には鉄砲名人を訪ねて来たわけであるから、村の呪いの解明に関わることもないのである。

もっと忠三郎の鉄砲撃ちとしての姿を傍で見ていたかった。

「鉄太郎の言うことはもっともだが……」

鷹之介は頬笑《ほほえ》んだ。

鉄太郎が、昨日と今日とで随分と大人びた気がしたのだ。

鉄砲についての探究心が彼の表情に出ているというのは、忠三郎によって亡父と鉄砲からの呪縛《じゅばく》から解き放たれた証である。

――土橋忠三郎に付けておいたのが効を奏したようだ。

鷹之介は少しばかり、してやったりであった。

「だがな、こ度の立ち寄りにおいては、名主殿の世話になっている。頼りにされて役所に任せておけとは言えぬではないか」

長田村の支配は日光奉行所であるが、山間の村で男が一人熊に襲われて死んだからといって、助けを請うことなど出来まい。

そのために、各村での鉄砲の使用を認めているのだし、山神の祟りなど持ち出せば、

「村で勝手に祓《はらい》でもしておけ」

と言われるだけである。

入会地についての紛争も、名主の裁量で内済《ないさい》にせよと、予《かね》てから指図を受けている。

下手をすると、年貢をごまかしているのではないかと余計な疑惑を持たれるかもしれない。

とかく役所というものは、頼れば要らぬ出費がかかり、意味もなく叱られるのがよいところなのだ。

そこを、新宮鷹之介を武士と見込み、村の恥部をさらけ出して力添えを頼んできたのであるから、

「義を見てせざるは勇無きなり、ではないかのう」

「ははッ」

鷹之介に言われて、鉄太郎はその通りであると畏れ入った。

「だが案ずるな。我らはあくまでもこの村には、鉄砲名人を訪ねて来たことにしておく。村に伝わる山神の呪いや、根太七の死についてあれこれ嗅ぎ廻っていると村人に思われては、かえって居辛うなるゆえにな」

この後は、名主屋敷と土橋忠三郎の住処を行ったり来たりしながら、村人に気付かれぬように動くつもりであると、鷹之介は鉄太郎を安堵させたのである。

「さて、これについては名主殿と我ら三人だけが知るところのものだが、平助、そなたが頼りじゃな」

そして鷹之介は不意に話を中間の平助に向けた。

「あっしが、でございますか？」

いきなりのことに平助は目を丸くしたが、

「とかく祟りや呪いなどというものには、人の欲や怨念が絡んでいるものだ。それを見極めるのには、おれや鉄太郎のような世間知らずの若造には荷が重いというものだ」

「と、とんでもねえ……、世間知らずはあっしの方でございます……」

「いやいや、そなたの方が比べようもないほど、世の中に通じている。頼りにしているぞ」

「へ、へへェ――ッ！」

平助は、この主人のためなら、ここで命を落してもよいとさえ思った。

彼は渡り奉公をしていたが、武家屋敷の中間部屋では密かに賭場《とば》が開かれていることも多い。

若い頃は盛り場でよたっていた平助は、その顔の広さから、僅かな間であったが、町の目明かしの下で手先を務めた時もあった。

鷹之介よりも十以上も歳が上で、そのような過去のある平助を蔑《さげす》みもせず、頼りにしてくれるとは、何とありがたい殿様だと、

「足りねえ頭の中から、智恵を絞り出すといたしましょう」

と、意気込んだのである。

四

新宮鷹之介主従は、ひとまず土橋忠三郎の住処へと戻った。

今朝仕留めた猪は、早速血抜きをして、村の男達が売りに出たが、

「頭取に召しあがっていただこうと、切り身は取ってあります……」

忠三郎は、鷹之介の顔を見るや、嬉しそうな顔で言った。

「これはありがたい。鉄太郎から話を聞いて、もしや食べられるのではないかと、心の内で願うていたところでな」

鷹之介は無邪気に喜び、

「これは我らの路銀《ろぎん》として下されたものゆえ、収めておいてもらいたい」

小粒で一両分を渡した。

「いや、このようなことをしていただきましては……」

忠三郎は恐縮したが、

「これには鉄砲の教授への謝礼も含まれているゆえ、取ってもらわねば、お上の金をくすねたことになる」

鷹之介からそのように言われて、ありがたく押し戴《いただ》いた。

「こんなところでよろしゅうございましたら、何日でも御逗留《とうりゆう》くださりませ」

「場合によっては、名主殿の屋敷とここを行き来して、しばらく逗留するかもしれ

ぬゆえ、よしなに」

「何よりでございます。日の暮れにはいささか早うござりますが、山くじら（猪）を召し上がっていただきとうございます」

忠三郎はまず夕餉の仕度にかかった。

猪鍋にするのかと思ったが、

「つい先だって今市で召しあがられたとか。今日はちと違う趣向を凝らしとうございます」

忠三郎は、猪肉をほどよい大きさに切り、いろりで網焼きにした。

脂が時折いろりの火に滴り落ち、ぼっと小さな炎をあげる。

それを眺めているだけで、若き鷹之介の体内に野性が沸き立ってくる。

焼けた肉は、醬油と酒を混ぜたたれにからしを溶かし、これにつけて食べる。

「むッ……、これはうまい……」

酒も進むが、麦飯を出されると何膳でも食べられた。

それは鉄太郎も同じで、

「あっしもまだまだ若えと思っておりやしたが、そんなには食べられませんや……」

と、平助が舌を巻いたほどである。

忠三郎は、その様子を満足そうに見ながら、

「名主様は、何かお願いごとでもなさいましたか」

何げなく問うた。

自分は流れ者で、他所者であると自覚しているゆえ、村のことにはまるで無関心を装っている忠三郎であるが、やはり思うところがあるようだ。

相手が鷹之介であれば、訊いてもよいだろうと考えたのであろう。

鷹之介は、名主からの願いを詳しく語らずとも、忠三郎ならばそれと察して、自分達に智恵を授けてくれると見ていた。

それは、忠三郎にとっても望むところであった。

大熊に襲われて村人が一人死んだのは、村の猟師である忠三郎にとって、見過ごせぬ一件であった。

彼は根太七を殺し、喜平を傷つけた大熊を自分の手で撃ち殺したかった。

しかし、大熊が山神の遣いであれば、ここへ来てまだ十数年の自分が撃ちに行き

辛かった。

大熊を撃ってくれという要請は、名主の方からも出ていなかったのだ。

「名主殿からは、あれこれ江戸の話とかを聞かれたが、この村のことを問うと、随分と頭の痛い日々が続いていると、嘆いていた」

鷹之介は意味ありげに忠三郎に言った。

それだけで忠三郎には話が通じたらしい。

「左様でござりましょうな」

忠三郎も意味ありげに応えた。

鷹之介は名主俵右衛門には、

「わたしは、あくまでも鉄砲と狩りに現《うつつ》を抜かしているように振舞っておきましょう。その方が村の衆も落ち着くはず」

と言ってあった。

それは、土橋忠三郎を長田村においての軍師としてよいかという投げかけであった。

俵右衛門は表向きには、新参者の忠三郎と、帰府の道中立ち寄った鷹之介主従には、大熊の一件に携さわらぬように配慮しているふりをしていた。

だが、大熊の一件は村の者以外が、冷静に見極めた方がよいと俵右衛門は考えていた。

とはいえ、他所者を使って村の内情を探らせたとなれば村人も反発をするであろう。

俵右衛門は難しい舵取りを迫られていたといえる。

鷹之介は暗に名主の想いを忠三郎に伝えると、

「そういえば、喜平殿が時折大きな熊が出るなどと言っていたが、それもまた名主殿の頭痛の種なのではあるまいか」

などと、惚《とぼ》けてみせた。

鷹之介は、鉄太郎、平助と相談した上で、まずその大熊が村の周辺に、本当にいるのかをはっきりとさせるところから始めるべきだと思っていた。

「殿、それについては忠三郎殿が、山神の遣いと思われるほどの大熊は、この辺りにはいないと申されていたかと……」

鉄太郎が続けた。

「左様にござる」

忠三郎の双眸《そうぼう》がきらりと光った。

忠三郎はこの一件については、誰かに話したくて仕方がなかったのであろう。

「根太七という男が襲われ、助けようとした喜平が怪我をして気を失うたというは、既にお聞き及びのことと存じます」

はっきりとその名を口にした。

鷹之介は少し改まってみせ、

「いかにも。聞き及んでござるが、知らぬ顔をしてござる」

ニヤリと笑った。

「ならばわたしは、独り言を申しましょう」

忠三郎はそのように断ると、

「たとえその大熊が山神の遣いであったとしても、村の者の命を奪うとは許せぬ。猟師の意地にかけて、大熊を鉄砲で倒してやろうと思い、熊の出そうなところは余さず探索をしました」

その結果、どこにも熊がいた形跡がないと、忠三郎は思うに至ったと言う。

喜平の話では、二間（約一・八メートル）ほどもあろうかという熊であったとのことだが、忠三郎の猟師の師匠である万造は、長田村の伝説を取り上げて、

「まずそんな大きな熊がこの辺りに出てくるはずがない」

いつも酒が入ると忠三郎に、笑い話として語っていたものだ。

確かに、中には人の想像を絶するほどの大きな熊もいる。

だが万造は、長い猟師暮らしで下野国《しもつけ》一円の熊には熟知している。

「昔話というものは、他愛ないものじゃ」

万造の見解については、忠三郎もまったく同意見であった。

「では、どのように捉えればよかろう……」

鷹之介は思案した。

山神の遣いの大熊が現れて、入会地を巡って争う村人達への戒めのために、根太七に鉄槌を下し、庇《かば》おうとした喜平に怪我を負わせた――。

村人達はそのように騒いでいる。

実際に根太七は酷い死に方をしたわけだし、喜平が傷を受けたのも確かな話であった。

「熊に襲われたのには違いがない。されど、本当のところは大した熊ではなかった。そのようにも考えられます」

忠三郎は思い入れをした。

突如現れた熊に気が動顚した根太七は、思わず叫び声をあげ、熊を興奮させてしまった。

熊も人間が恐いのだ。身を守らんとして根太七に襲いかかり、根太七は逃げようとしたが誤まって谷へ転がり落ちた。

そこへ遭遇した喜平であったが、いきり立った熊を見て恐怖に陥り、とてつもなく大きなものに見えたのではなかったか。

根太七は喜平にとっては縁者であるから、鉄砲を撃ちながら助けられなかった身を恥じる想いが、熊はとてつもなく大きかったと、自分の記憶を塗り替えたのかもしれない。

「鉄砲も外していたのかもしれませぬ」

忠三郎はそのように見ていると言う。

鷹之介は感じ入りつつ平助を見た。

平助も大きく相槌を打って、

「人ってえのは、どんな時でも手前を庇《かば》いますし、言い訳の名人ですからねえ」

つくづくと言った。

忠三郎は、ふっと笑った。

「平助殿はおもしろいことを言う……」

恥ずかしそうに頭を掻く平助を尻目に、

「鉄砲を外していたとすれば、その辺りに弾が落ちているかもしれぬな……」

鷹之介は言った。

「わたしもそう思ったのですが、そっと辺りを捜してみたのですが、未だに見つかってはおりません」

「ならば、鉄砲の弾は熊を捉えたということでよろしかろう。谷に落ちた根太七は腹の辺りを食いちぎられていたというのは、その熊の仕業《しわざ》であろうか」

「熊の仲間が食いちぎったのかもしれませぬ。熊は人の肝を狙うといいます。根太七殿の骸は、腹から肝の辺りが酷くやられていたそうですから」

「ならば、とりあえず今は、喜平殿の恥にならぬように、近頃この辺りには大きな熊が出るゆえ用心せよ。さりながら熊は鉄砲の弾を食らっている、早晩弱って死んでしまうであろう、取り立てて騒ぐこともあるまい。山神の遣いではなく、ただ現れたのはこの辺りに迷い込んだ凶暴な熊である。名主殿にはそのように村人に触れるよう助言いたそう」

徒《いたず》らに村人に恐怖や疑念を、今は与えるべきではない。鷹之介の意見は当を得ている。

「さてその上で、我らは気になることを探ってみるとしよう」

そして鷹之介は、本題に入った。

「気になること？」

鉄太郎は首を傾げたが、

「鉄太郎は余ほど心根が汚れておらぬようじゃ。物ごとは、斜めや横から見ると、おかしなことが溢れ出てくるものだ」

鷹之介は弟に説くように言った。

忠三郎は、我が意を得たりと身を乗り出し、

「これはおもしろうなって参りました。この村の者共は、祟りや呪いなどと申して、

誰も疑念を言い立てぬゆえ、いささか苛々《いらいら》としていたところでございます。鉄太郎殿、この一件はおかしなことだらけでござるよ。だが流れ者のわたしには風穴を開ける術《すべ》がなかった。頭取とその御家来衆こそが、わたしにとっては山神様の遣いに思えまする。のう、平助殿、おかしいとは思わぬか？」

平助もここぞとばかり、

「へい。あっしにはぷんぷん匂って参りやす」

顎を撫でながら思い入れをした。

鷹之介は、いささか不満そうな顔をしている鉄太郎に、

「そなたにもすぐに匂うてこよう。だがひとつ忘れてはならぬのは、我らはどこまでも、鉄砲撃ちに魅せられて、これに現を抜かす、江戸から来た暇な役人であらねばならぬ……」

と、ほくそ笑んだのである。

五

新宮鷹之介は、話した通りに鉄砲撃ちに没頭した。

名人・土橋忠三郎に射撃を習ったかと思うと、村で鉄砲を撃つことが認められている男達を次々と訪ねた。

その案内はすべて喜平に頼んだ。

「江戸には鉄砲方という役所があり、御先手《おさきて》には鉄砲組があり、また将軍家の鉄砲をあずかる持筒頭《もちづつがしら》という御役もある。だがなかなか鉄砲の稽古を江戸にいながらするは難しい。山間の村には生きた鉄砲がある。わたしはそれを見聞したいのだ」

鷹之介は熱く語って、鉄砲撃ち達の心得や、撃ち方の工夫などを問うたのだ。

若き旗本の熱意に触れると、百姓達はしどろもどろになり、

「いや、そういうことなら、忠三郎さんにお訊ねくだされればよろしいかと存じます……」

皆一様に応えたものだが、

「無論、土橋殿にも問い、教授を願うておるが、そなたには、そなたなりの心得があろう。それを確《しか》と訊ねておきたいのじゃ」

このように問われると、嬉しからぬはずはない。

猪を撃たんとした折に雨が降ってきて、火薬をいかに湿らせまいとしたか、駆ける獲物にいかにして狙いを定めるかなど、誰もが熱心に語ったものだ。

二軒廻ると、

「あの新宮様という殿様は、真面目でお役大事のお人だなあ」

「武芸帖編纂所というところは、おれ達の鉄砲のことまでお調べになるんだな」

「てことは何かい？　おれ達の鉄砲撃ちは立派な武芸ってことかい？」

すぐにそんな評判が村を駆け巡った。

新宮鷹之介の面目躍如《めんぼくやくじょ》たるところである。

村人達は、鷹之介を〝鉄砲馬鹿〟とは見なかった。

「何と涼やかな殿様であろう」

「鷹揚ってえ言葉は、あのお方のためにあるような……」

むしろその様に慕ってくれたので、鷹之介が根太七の死の真相を密かに探っているなどとは思いもよらなかったのである。

鷹之介は、村の男達のまとめ役になっている喜平を重用した。

何かというと、

「喜平殿……」

と、彼を頼りにするので、喜平も村人の手前、鼻高々であった。

そして鉄太郎は相変わらず忠三郎の傍に付かせて、平助を供に連れた。

訪ねて回る間は、名主屋敷に泊まり、日に一度は忠三郎に鉄砲教授を請うた。

次々に訪ねてみると、村の兼業猟師の中には、五人組の一人で根太七と対立していた与平がいた。

さらに興味深かったのは、根太七もまた鉄砲所持を許されている一人であったのだ。

喜平の案内で与平を訪ねると、

「殿様に鉄砲の心得を申し上げるとは、畏れ多うございます……」

彼は大いに恐縮したものの、

「わっちは、一にも二にも頬で鉄砲をいかに上手く押さえられるかに尽きますでございます。しっかりと支えられぬと、やはり鉄砲はぐらつくわけでございますから。それで忠三郎さんに、どうすればよいか訊ねてみたら、こんなものに手本はない。己が何よりもしっくりくる頰の当て様を、己で編み出すしかないと言われましたです……」

何だよく喋るではないかと鷹之介は思ったが、与平はそれから、蘊蓄《うんちく》を傾け始めた。

四十過ぎの一筋縄ではいかぬ様子の尖った顔を眺めていると、いかにも己が意見を曲げることなく相手と論を戦わせる面倒な男の匂いが漂ってくる。

「まあ、殿様はもうお聞き及びとは思いますが、熊に食い殺された根太七は、鉄砲を真面目に撃たず、恰好ばかりつけておりましたからいけません。熊に襲われた時も、鉄砲を持っておらずにあの様《ざま》でございます」

ここでも根太七をこき下ろす執念深さには辟易《へきえき》した。

喜平もさすがに見ておられずに、

「これ与平さん、殿様にそんな余計なことを申し上げて何とする」

と、窘《たしな》めたものだが、

「余計なことでもねえさ。山へ入る時は、少々面倒でも鉄砲を預かる身は、いつでも撃てるようにしておかねばならねえ、それが鉄砲撃ちの心得だと申し上げているのさ」

与平は鷹之介の前でも自説を曲げない。

——名主殿もさぞかしもて余したのであろうな。

鷹之介は苦笑したが、与平の言っていることは決して間違っていない。

そこは五人組を務めるだけの男である。一通り話し終えると、

「殿様には、くだらねえ話をしてしまいました。何卒お許しくださいませ。思ったことをすぐに口にするのがわっちの悪い癖でございます」

鷹之介に素直に詫びたものだ。

とはいえ、

「ははは、そういう大人がおらねば若い者は育たぬであろうよ。だが、そなたの女房殿は大変であろうな」

鷹之介が笑いとばすと、

「畏れ入ります……。うちの女房も大変でございますが、根太七の女房も哀れなも

のでございます。日頃は口うるさい亭主に手を焼いていた上に、子も授からぬまま熊に食い殺されてしまうとは……」

結局また、根太七の悪口に落ち着いてしまうのである。

鷹之介は逃げるように与平の家を出て、その次は根太七の家へ行ってみることにした。

与平はこき下ろしていたが、根太七とてそれなりの心得を持って鉄砲を撃っていたはずだし、与平をして〝哀れな女房〟と言わしめる後家に悔やみを言ってやりたかった。

「殿様はおやさしいお方でございます……」

喜平は感じ入って、鷹之介を案内した。

根太七の家は、名主屋敷からほど近い平坦な土地に建つ立派な百姓家であった。

「これはこれは、わざわざのお運び、ありがとうございます……」

根太七の女房は、おぬいという。

年の頃は二十半ばというところで、子供を産んでいないからか、百姓の女房にすれば瑞々《みずみず》しさが残る朗らかな女であった。

「うちの旦那様に鉄砲の心得があったかどうかと申しますと、申し訳ございませんが、女のわたしには何も教えてはくれませんで、喜平さんの方がお詳しいかと……」

おぬいは、悔やみを言いに来てくれた鷹之介に大喜びをしたものの、鉄砲については何も教えられていなかった、と首を竦めた。

「なるほど、男とはそのようなものであろうな」

鷹之介は未だ妻《めと》を娶らず周りの者達をやきもきとさせているのだが、妻帯したとて、武芸帖編纂のことなど問われぬ限りまず話したりはすまいと思った。

「それでも鉄砲は大事にしておりました」

磨いたり、手入れは欠かさなかったとおぬいは言う。

「おれはそれほど鉄砲を撃つのが上手ではないから、もっぱら音で脅かして獣を田畑に寄せつけぬようにするのだ、などとも申しておりました」

おぬいは、何か話さねば申し訳ないと、そんな話をすると、茶に添えて串に刺した団子を振舞ってくれた。

「わたしが鉄砲を撃てたなら、その熊を撃ち殺してやりとうございます。お腹の肉を食いちぎるなどと……、ほんに憎うございます。体中傷だらけで、血の海ができていたとか、あまりに酷い殺されようでござります……」

悔しさを噛み締めるおぬいに、

「おぬいさん、色々辛いだろうが、そのうちに落ち着けば、また好いこともあるさ」

喜平が慰めるように声をかけた。

「左様でございますね。ああどうぞ、つまらぬものですが、お召しあがりくださいませ」

おぬいはすぐに気を取り直して串団子を勧めた。

「うむ、食べるとするか……」

喜平は一口食べたが、

「酷い殺されようだったと聞きながら食べるのも気が引けるゆえ、これは誰かにあげてくれぬかな。わたしは茶をもらっただけで、十分だ」

鷹之介が遠慮をしたので、慌てて今食べていた串を置いた。

「これはすまぬことをいたした。余計なことを申したゆえ、喉を詰まらせたようじゃ」

「あ、いえ、わっちら村の者は心配りができねえ、粗忽者《そこつもの》でいけません」

喜平は恥ずかしそうにした。

「こんなことを言うのは、さらに余計かもしれぬが、御亭主が山神の祟りにあったなどと言われると辛いのう」

鷹之介はさらにおぬいに労りの言葉をかけたが、

「いえ、人の噂も何とやらで気にはいたしておりません。どうせあの巫女《いちこ》が人に構ってもらおうと、あれこれ言い回っているのでしょう」

おぬいはどこまでも気丈であったが、おいちについては吐き捨てるように言った。

「なるほど、あれこれ訊ねてすまなんだな」

「とんでもないことでございます……」

鷹之介の言葉を潮に一行は根太七の家を辞した。

「存外に元気があって何よりだ」

外へ出ると鷹之介が喜平に頰笑んだ。

「そもそもが陽気な女でございますから」

喜平が相好《そうごう》を崩した。

「子供の頃から知っているというところかな」

「へい。こういうところは、村中が一家でございますから」

「そんなもんなんでしょうねえ」

平助は後ろから付き従いつつ、小さく笑った。

そうして生垣の間から、根太七の家を見つめると、今までいた座敷が開け放たれた障子戸の向こうに見えた。

そこにはおぬいがいて、茶碗などを片付けていたが、ふっと残った団子の串に手を伸ばして口に頬張るのが見えた。

「まず陰気な女より陽気な女の方がよろしゅうございますよ。あのおかみさんは娘の頃、村の男達から相当騒がれたんじゃあねえんですかい？」

よい間合で平助が声をかけると、

「ええ、そうでしたねえ、まあわっちから見れば随分と歳が離れていますから、小猿のように見えましたがね」

喜平は高らかに笑った。

彼らを囲んでいる山々の美しい緑と、引き込まれそうになる青い空を眺めていると、祟りや呪いなどという言葉は、春の風に吹き散らされていく。

鷹之介と平助は、その場は喜平と別れて、土橋忠三郎の住処へと向かったのである。

六

「祟りや呪いなどをすぐに信じてしまうところなど、臆病で他愛もないのがこの村の連中ですが、長年育《はぐく》まれた人と人との憎しみは心の内で大きくなっているようです……」

忠三郎は、各家を廻ってきた新宮鷹之介、平助主従からの報《しら》せを受けて、そのように応えた。

閉鎖的な村であるから、出来るだけ揉《も》めぬように感情を抑えて暮らしているが、溜まった物はどこかへ出ようとするものだ。

一旦それが噴出するとなかなか抑えが利かなくなり、とことん揉めてしまうのだ。

忠三郎は江戸から流れてきて、山の住処から俯瞰《ふかん》するように眺めてきたが、他所者は意見を言わぬが身のためである。

鉄砲さえ撃てたらこんなに素晴らしいところはないと、何ごとも見て見ぬふりをして、村人とは一定の間合を保ってきた。

しかし、山神の遣いで大熊が現れたなどと言われると、猟師としては扱いに困ってしまうし、根太七の一件には言いたいこともあった。

彼の中でそれが噴き出しそうになっていた時に、名主のはからいで鷹之介主従が忠三郎と共に謎解きをしてくれることになり、鉄太郎という若者が傍にいる日々に、俄然《がぜん》やる気を起こしていた。

「忠三郎殿は、根太七は実のところは熊に食い殺されたのではのうて、村の誰かに殺されたのではないかと思うているのでは？」

鷹之介はいきなり核心をついた。

鉄太郎は唖然としたが、平助は大きく相槌を打った。

「実のところ、そうではないのかと思うております」

忠三郎は神妙に頷いた。

熊が山神の遣いなどという大熊ではなかったとは確信していた。

だが村人同士の殺害は頭を過《よぎ》れども、こればかりは口に出来ない。

喜平が気が動顚してしまって、時折現れる熊をそのように思い込んだのだと、自分に言い聞かせていた。

とはいえ、疑念はずっと彼の頭の中に残っていた。

根太七が谷へ転がり落ちたとすると、熊の仲間か、または喜平の鉄砲玉を食らった熊が、興奮のあまり根太七を襲ったことになる。

しかし、熊は出没するものの、鷹之介がこの村に来て遭遇した時のように、空砲ひとつで逃げてしまうほどの無害な獣である。

それがいきなり人を食らうとも思えない。

「たとえば、何者かが根太七殿が谷へ転がり落ち、喜平殿が気を失ったところを見たとすれば……」

熊は喜平の弾を受けていずこかへ逃げ去った。

となれば、喜平が息を吹き返すまでの間に、谷へ下り動けなくなった根太七を山刀などでずたずたに切り裂いて、熊に襲われたように見せかければよいのだ。

何よりも喜平という証人がいるのだから、自分が殺したとは誰も思うまい。

「わたしは、そのように思うたのでござる」

忠三郎はしかつめらしい顔をした。

「確かにそれは考えられよう」

鷹之介は表情を引き締めた。

「忠三郎殿が申されるのだ。この辺りに俄《にわか》に人食い熊が出るとは思われぬ」

「では、根太七に恨みを持つ者の仕業ということになりましょう」

鉄太郎が興奮気味に言った。

四人は頷き合った。

そう考えると怪しい者は何人も出てくる。

まずは根太七と揉めていた、与平、吾作、利吉が出てくる。

「しかし、五人組を務めるほどの者が、容易く人を殺《あや》めるでしょうか」

若く純真な鉄太郎にとっては信じ難いことであるが、平助が溜息交じりに、

「人には魔がさすことがあるんですよう」

ぽつりと言った。

「どうしてあんなことをしてしまったのか……。後になってみれば、まったくわからねえ……。だが気がついたらやっちまっていた。誰にだってそんな時があるんですよ」

「ふふふ、わたしが鉄砲磨同心をやめてしまったのも、そんなところかもしれませぬな」

忠三郎が平助の言葉を嚙みしめた。

鉄太郎は、そう言われると納得がいった。

彼の父・鉄之丞が与力の地位をいきなり捨てて長崎へ行ったのも、魔がさしたとしか言いようがなかった。

「う～む……」

鷹之介は唸った。

これなら熊に襲われたことにしてしまえるに違いない――。

そのような状況に遭遇したら尚さらだ。

「根太七殿を憎んでいた者は、五人組の三人の他に何人もおりましょう」

あの一件が起こった時、現場にいた可能性のある者を片っ端から調べたら答えも出てこよう。

「恨みや憎しみの度合もあろう」

与平などは、何かというと根太七をこき下ろしているが、分限《ぶげん》での優劣があるわけでもない。

金の貸し借りもない。日頃からの付合いもないとなれば、わざわざ殺す必要もなかろう。

どちらかというと、生きている間に根太七を少しでもやり込めてやりたい想いが強く、酷い死に方をしたと報されると、それはそれで虚無に襲われたりしているのではないか。

何かの弱味を根太七に摑まれている。かつて酷い仕打ちを受け、それが因《もと》で大切なものを失くしてしまった。まずそんなところか――。

「あとは、女絡みってことも考えられますねえ」

平助が続けた。こんな話をする時の平助の顔には艶《つや》がある。

「そうか、それもあるな……」

鷹之介は、ニヤリと笑って、

「やはり平助は頼りになる」

と、平助をまた照れさせると忠三郎に心当りを問うた。

忠三郎は少し沈黙してから、

「思い当る節があるとすれば、巫女のおいちかと……」

これも口に出してはならないと胸に秘めていたことのひとつであったようだ。

巫女になると、衣食住が村によって保証される。

貧しい小作人で、二親にも逸《そ》れてしまった娘には身分が定められた巫女になるのはありがたいことであった。

しかし、神に仕える巫女は一生を独り身で終えねばならない。

これは生身の女にとっては寂しく辛い運命であった。

自ずと密かに村の男と通じる巫女もいたらしい。

しかも相手は一人でなく、二、三人を巧みに社殿へと招き入れる者もいた。

そうして男達から金品を貢《みつ》がせ、四十を過ぎて巫女の座を明け渡した後も、優雅に暮らさんとしたのだ。

かつての渡り巫女と呼ばれる女達が、多分に遊女としての一面を持っていたことの名残《なごり》でもある。

日頃は小山の頂きにある神殿で一人山神に祈り、神事に明け暮れているのだ。供え物を手に巫女の許にいそいそと通う者の存在を認めても、皆は知らぬ顔をしていた。

だが、おいちの代になってからは、そういう乱倫は気配すらなくなった。今までの巫女と違い、おいちは美しい顔立をしていても男に走らず、ひたすら神に仕えているように思われた。

霊能者としての才も備っていて、何度も予言を当てたりもした。

そうなると、どこか不気味な風はあれど、白く整った顔立は美しく、村の中にあってどの女も持ち合わせていない風情が、男達の心を捉え始めた。

鷹之介達が村に入った時、おいちは村の男達を操っているように見えたが、彼女には色気抜きに男を手玉にとる力がある。

とはいえ、そのような地位を築くことで、有象無象の男達は寄せ付けず、村の有力者だけに媚《こ》びを売るのがおいちの手口だと言う者もいる。

忠三郎もそのように見ていた。

おいちを巡っての痴情のもつれが、女を自分だけのものにしたいというさらなる欲望を生んだというなら頷ける。

「そういえば、さっき根太七さんのおかみさんは、巫女さんの話になると、何やら吐き捨てるような物言いで、いきなり恐ろしい目付きになりましたねえ」

あの折、おぬいは、

「……どうせあの巫女が人に構ってもらおうと、あれこれ言い回っているのでしょう」

と、さも呪いや祟りの噂を流し、村人達を不安に陥れている張本人であるかのような口調であった。それは根太七が、おいちと通じているのではないかと、おぬいが疑っていたからかもしれない。

「なるほど、となれば根太七とおいちの仲を疑っていた何者かも、おいちと通じていて、日頃の憎しみに嫉妬が相俟《あいま》って、根太七を熊に襲われたと見せかけて殺害した……」

鷹之介は推理を三人にぶつけた。

平助の頭は冴えてきたらしい。

「それも考えられます。色と欲とを結びつければ、すぐに下手人が浮かんでくるんじゃあねえですかねえ……」

彼は腕組みをすると首を捻った。

すると、どういうわけか、客が食べなかった串団子を無邪気に頬張る、根太七の後家・おぬいの顔が浮かんできた。

七

その夜は遅くまで語り合い、とどのつまり、根太七は何者かに殺されたのに違いないという結論に達した鷹之介達四人であった。

そして翌朝——。

鷹之介は平助を伴い、喜平の家を訪ねた。

「考えてみれば、鉄砲撃ちの心得をまだ喜平殿から聞いてはおらなんだ。あれこれと忙しいところをすまないが、少しばかり教えてもらえぬかな」

と、野良仕事に出かける前に是非話したいと申し出たのだ。

「そういえば、まだでございましたね。すっかりと喋ったような気になっておりました」

喜平はいつも変わらぬ如才《じょさい》なさでこれに応じて家へと請《しょう》じ入れた。

「ただ、申しておきますが、わっちも根太七殿のことを偉そうには言えない、大した鉄砲撃ちではございませんので、極意などは持ち合わせておりません……」

「そんな大層なものではないさ。まず鉄砲を見せてもらえぬかな」

鷹之介はそのように所望《しょもう》すると、

「こちらでございます」

喜平の案内で小さな蔵に向かった。

蔵の前には、十五、六の青年と、さらに年若の少年がいて、鷹之介に恭《うやうや》しく礼をすると、野良仕事に出かけていった。

「倅殿かな？」

「へい。お恥ずかしゅうございます」

「いや、なかなかしっかりとしている。下の方を根太七殿の養子として跡を継がせたいと、名主殿が申されていたが……」

「名主様が？　困りましたなあ、殿様にまでそんな話を……」

喜平は顔をしかめてみせた。

「根太七殿は確かにわっちの縁者に当りますが、あの頼りない下の倅が跡とりなど務まるはずはございません。それに、わっちは根太七殿が熊に襲われたところに居合わせたというのに助けてやれなかった……。まったく、この様でさあ……」

喜平は軽く頭を下げると、着物の襟をはだけてみせた。

そこには熊の爪跡らしきものが生々しく残っている。

「仕留めたつもりが爪でやられて、慌てちまって、岩に頭をぶつけたとは情ねえ限りで……」

「そんな自分の子が跡を継ぐなどとは考えられぬと？」

「左様でございます」

「だが考えてみれば、倅二人がそれぞれの家を継ぐというのは願うてもないことだ。あれこれやっかむ者もいるかもしれぬが、人の噂も何とやら……」

「殿様……」

「ははは、すまぬすまぬ。鉄砲を見に来たのであったな」

鷹之介は悪戯《いたずら》っぽく笑いながら蔵の内へ入った。

中には鉄砲と手槍などが置かれていた。

なかなかにいかめしい風情が漂っていて、かつて喜平の先祖が武士であった名残《なごり》は調度《ちょうど》のそこかしこに表れていた。

表には出さぬが、長持の中などに伝来の刀などが隠されているのかもしれぬ。

「手入れがよう行き届いているようじゃ。時に喜平殿は、熊の牙や爪など珍しいものを集めているそうな」

この話は鉄砲撃ちを訪ねるうちに耳にしたものだ。

「さして大したものはございませんが、それだけが親の代からの道楽でございまして……」

蔵の奥の棚に珍品が並んでいた。

熊皮を残した大きな手には鋭い爪があり、牙を熊の口に見立てて並べたものもあった。

「気味の悪いものばかりでございますが、世にはこれほどの牙や爪を持つ熊がいるのだ、などとよく親父殿が得意げに話しておりました。わっちはこれを見ると恐ろしくなってきますので、今は家に飾らず、ここにしまっております」

喜平は哀しそうな顔をした。

「なるほど、これが爪と牙か……。確かに大きな熊が世にいるものだ……」

鷹之介はしばしそれを手に取り眺めていたが、

「そういえば、そなたを見つけて助け起こしたという……」

「槌太郎……、でございますか？」

「うむ、その者は喜平殿の……」

「昔馴染でございます。悪さばかりをしていた頃の……」

「そのような友が誰よりも頼りになるものだ。いやいや、斯様《かよう》なものを見られただけで大いにためになった。忠三郎殿には色々と鉄砲の撃ち方を学んだ。これで思い残すことはないゆえ、明後日にでも江戸へ発つといたそう」

「それはお名残惜しゅうございます。他にお廻りになりたいところがございましたら、どこへでもご案内いたしますので、いつでもお申しつけくださいませ」

「廻るところ……、おおそうじゃ。あのおいちとかいう巫女を訪ねてみたい」

「巫女を……？」

「あの巫女は人並み外れた通力を持ち合わせているそうな。それに、なかなかに好い女ゆえにのう。ははは……」

「へえ……」

本気とも戯言ともつかぬ鷹之介の言葉に喜平は、戸惑いの表情を浮かべていた。

鷹之介は、それからすぐに供の平助を従え、土橋忠三郎の家へと入った。

そこでまた、鉄太郎と四人で何やら談合をすると、鉄太郎が単身、山神の遣いの犬を祀る社に向かった。

鉄太郎は日暮れて忠三郎の住処に戻って来たのだが、その顔は興奮に紅潮していたのであった。

八

さらに夜が明けて――。

新宮鷹之介は、供も連れずただ一人で喜平を訪ねた。

「殿様……、こんなに早くからお一人でどうなさいました？」

喜平は怪訝《けげん》な表情を一瞬浮かべたが、すぐに笑顔を取り繕った。

しかし、いつも凜《りん》として爽やかな鷹之介が、今朝は険しい表情を崩さぬので、次第に彼の顔は強張《こわば》ってきた。

「これはまだ、名主殿にも忠三郎殿にも、家来にさえも申しておらぬのだが、ちと気になることが出来《しゅったい》した」

「気になること？」

「根太七殿は、実のところ熊に食い殺されたのではなかったかと思われる節《ふし》があってのう」

「え？　まさかそのような。根太七殿は確かにあの日、谷へ転げ落ちて熊に……」

「確かとは言えまい。何しろそなたは岩に躓き頭を打ちつけて気を失うていたゆえ」

「その場を見たわけではありませんが、谷底の様子から見ても、大きな熊の足跡などが残っていたと聞いております」

「だが、その熊はそなたの鉄砲に撃たれていたという。谷へ転がり下りたとしても、人を襲う力が残っていたかどうか」

「殿様は、わっちが気を失っている間に、何者かが、根太七殿を殺したと？」

「うむ。刃物で何度も刺し、肉を抉《えぐ》り取り、熊に食い殺されたように見せかける……。できぬことでもなかろう」

「そうかもしれませんが、誰がそんな酷いことを？」

「魔がさしたのであろう。わたしは名主殿から、根太七殿の死について不審がなかったか、密かに調べてもらいたいと頼まれている」

「それは村の者の一人として、わっちからもお願い申します」

「ついては、そなたの智恵を借りたい」

「へい、喜んでお手伝いいたしますが、話が話だけにここは殿様とわっちの二人だけの胸に収めていただけたら何よりでございます」

「うむ、そのようにいたそう。あの日、熊に襲われたというところに立ってみて、二人で考えてみたいのだが」

「畏まりましてございます。このことは誰にも言わねえでおきますので、ご安心くださいまし」

「ああ、わたしもこのような話に首を突っ込みとうはないのだが、一宿一飯の恩義は武士とて果さねばならぬ。まあ、取り越し苦労であることを祈っているが……」

「では、どういたしましょう」

「二刻後に会おう、誰にも気取《けど》られぬようにのう」

二人はしっかりと頷き合って、その場は別れた。

「何てこった……」

喜平は険しい表情で、鷹之介を家の前で見送った後、しばしその場で立ち竦んでいた。


二刻後。

新宮鷹之介は約束通りただ一人で、根太七が熊に襲われたという、入会地の奥に佇《たたず》む山の小道に現れた。

喜平は既に襲撃場所の道端に来ていた。

「これは、待たせたかな」

鷹之介が低い声で言うと、

「気が気ではありませんでした……」

喜平はさすがに血走った目を向けていた。

「実はな。この二刻の間に、根太七殿を殺めた者が誰か、ほぼ見当がついた」

「真にございますか？」

「いかにも、そ奴は色と欲が高じて、熊に襲われたと見せかけて、根太七を殺害したのだ」

「で、そ奴については既に名主様に……」

「いや、まずそなたに確かめんとて、誰にも打ち明けてはおらぬ」

「左様で、それは嬉しゅうございます……」

喜平は傍らに焚《た》いた小さな火に手をかざすと、初めて白い歯を見せた。

この日は春というのに朝から冷たい風が辺りを吹き抜け、寒い一日となっていた。

「ほう、これは気が利いている……」

鷹之介もまた火に手をかざした。

「殿様、まずそ奴が誰かを教えてくださいまし」

「うむ。あれこれ思い悩んだが、至極当り前の理屈で考えてみるとすぐにわかった」

鷹之介はにこりと笑った。

「つまり、熊に襲われたところにいたのは根太七の他には、喜平、そなたしかおらなんだわけだ」

「どういうことです？」

「根太七を殺したのは、おぬしだな」

「な、何を仰います……」

喜平は一笑に付したが、

「何故、根太七を殺したか。それはまず根太七が日頃からおぬしに対して、本家を気取って偉そうな口を利いていたところにある」

「お待ちください。確かに根太七はそういう癖のある男でしたし、わっちがそれに腹を立てていたのを村の皆は見ていたことと思います」

「ああ、それは名主殿も申されている」

「だからといって、そのくらいの理由で、人を殺すほどたわけではございません」

「理由は他にもある。おぬしは、根太七の女房・おぬいと通じていたであろう」

「何と……」

それを察したのは平助であった。

根太七の家を訪ねた折、おぬいは客が残した串団子を、茶碗を片付ける際、何気なく口にした。

それは団子に手を付けず辞去した鷹之介と平助の物ではなく、一旦食べかけた喜平の物であった。

何のためらいもなく、当り前のような動作によるもので、平助はどきっとしたという。

さらにあの折、おぬいが巫女のおいちを腐《くさ》したが、それを聞いている喜平が何とも落ち着かぬ素振りを見せていた。

平助は、おぬいが根太七への悋気《りんき》を病んだのかと思ったが、そうではなくて喜平へのそれではなかったかという気がしたのである。

そういえば、初めてこの村へ来た時、巫女は村の男達を煽《あお》って鷹之介主従を追い払おうとした。

喜平はそれを止めたのだが、おいちにかけた言葉には親密さが漂っていたし、おいちは喜平には従順な態度を見せていた。

それらを合わせて考えると、微妙な男女の情が喜平とおぬい、喜平とおいちに醸《かも》し出されていた。

一時は目明かしの手先を務めていたこともある平助の目は、そういうところには鋭い。

昨日は鷹之介が思わせぶりな話を喜平にしたゆえ、鉄太郎はもしやと思い、峠の社を見張ったところ、おいちが住まいにしている社殿から、喜平が人目を忍んで出入りする様子をしっかりと認めたのである。

「おぬしはおいちに、祟りだの呪いだのと、村中に噂が広まるように、頼んだのではなかったか。おぬしは村では誰よりも男振りがよい。おいちを意のままに動かすことなどわけもなかったのだ」

鷹之介は喜平に次々と推測を投げかけた。

喜平の顔はたちまち青ざめていった。

「そのうちに、根太七はおぬしと女房との仲に気付いた。女房を寝取られたなどと人には言えぬゆえ、根太七は少し前からおぬいに辛く当り始め、おぬしとも度々口論になった。この辺りの事情は、村の衆が目にしている。恐らく根太七は入会地の訴えからもわかるが、このままではすまさぬとおぬしを脅したのであろう。それゆえ、おぬしは根太七をおびき出し、鉄砲で殺害した……」

「何を言いなさいます。根太七を殺したのは熊です。わっちもこうして襲われたんですよ」

喜平は爪でかかれた傷跡を見せた。

鷹之介は傷をちらりと見たが、そのまま語り続けた。

「まず鉄砲で殺害する。その骸を谷底に蹴り落し、腹の肉を裂いて、体に穴を開けた鉄砲玉を取り出し、わからぬように埋めた。その折には蔵に置いてある熊の牙や爪を使い、いかにも熊にずたずたにされたように見せかけた……」

昨日見た喜平の親から伝わるという、熊の手や牙はじっくり見ると、ところどころ血痕が、拭い切れない隙間に見られた。

根太七の死体の処理を済ませると、自分は再び道へと上り、今度は自らの手で熊に掻かれたような傷をつけ、鉄砲を撃ち気絶したふりをしたのである。

槌太郎という男が倒れている喜平を助け起こしたわけだが、

「槌太郎はおぬしの乾分《こぶん》だったと言うではないか。それに随分と金を借りていたようだ」

「だからどうだと言うのです……」

「鉄砲の音がしたら、すぐに来い。そう言っておけば、気を失っているふりをしたおぬしを見つけられる。そこからは、おぬしの不利にならぬように何とでも言わすことができるではないか」

「槌太郎はそんなことを……」

「先ほど訪ねてみれば、おぬしにはそのように頼まれたと話してくれた。金の借用書も見せてくれたよ」

「あの野郎……」

「怒ってやるな。これでもわたしは武士だ。厳しい顔を向けられると、思わず何でも話したくなるものだ」

「お待ちください。いくら根太七と揉めていたとて、奴はわっちの縁者でございますよ」

「それゆえ今この世からいなくなれば、女房と身代《しんだい》はおぬしのものになる。おぬしは二男坊が根太七の跡を継ぐなど考えられぬと言っているが、とどのつまりはおぬしの倅が継ぐことになるのだ。色と欲……、わたしには覚えはないが、この二つが合わさると人は思わず魔が差すようだ。おぬしのような人のよさそうな男でもな」

「殿様、わっちは……」

「何か言い分があるか？　わたしの言っていることはまだ推測だ。それにこのような案件は八州廻りの役儀だ。おぬしの罪咎を暴き出すつもりもないが、名主殿に頼まれた限りは何か務めを果さねばならぬので、まずおぬしと二人だけで話をしようと思うたのだ。何か言いたいことがあるなら申すがよい」

鷹之介は真っ直ぐに喜平を見た。

「わっちはどうなるのでしょうねえ」

喜平は呆然として言った。

「さて、それはわからぬ。だが、この先おぬしをじっくりと取り調べればどうなるか、己の胸に訊いてみるのだな」

「この話は、殿様とわっちだけの……」

「ああ、そのつもりだが、おぬしの顔を見ていると、わたしの言ったことは大よそ当っているらしい。ひとまず名主殿には伝えぬとのう」

「このまま忘れてくださるわけにはいきませんかねえ」

「それはできぬな……」

「左様でございますか。好いお殿様だと思っておりやしたが、そうとなれば、仕方がありません……」

喜平はふらふらと谷へ続く繁みに踏み込んだ。

「谷へ身を投げようというのか……」

「いや……、そんなことはしませんよ……」

喜平は言うや否や身を屈めると、繁みに隠されていた鉄砲を手に取り、鷹之介に狙いを定めた。

「喜平……」

鷹之介は切ない声を出した。

「動くんじゃあねえ！　殿様がどれほどやっとうの達人かは知らねえが、鉄砲には敵《かな》わねえよう」

「それがおぬしの応えか。今までわたしが語ったことが、何もかも本当になってしもうたのう」

「何だと……」

「おぬしに言ったことは、どれも推測で確かな証拠《あかし》はなかった。だが、わたしに鉄砲を向けるとは、また魔がさしたか……」

喜平は、こんなこともあろうかと、この二刻の間にまず密かにここを訪れ、繁みに鉄砲を隠した。

そして、刻限の少し前に手ぶらできて、焚き火をおこし、火縄に点火して、その匂いをごまかそうとしたのであろう。

そして、彼は鷹之介に追及されて、己が用心の巧みさに酔ってしまった。気持ちが昂《たか》ぶり、つい鉄砲を手にしてしまったのだ。

「新宮鷹之介の口を封じさえすれば、ことはうまく収まる……。喜平、おぬしはそう考えているのか？」

「黙れ。旗本か何かは知らねえが、お前は山で神隠しにあった。このおれがまさか殺したとは村の誰もが思うまい。お前さえいなくなりゃあ、おれは何とでも言い逃れてみせるさ」

「悪あがきはよせ」

「やかましい！」

喜平は遂に鉄砲の引金を引いた。

〝パーンッ!〟という音がこだました。

狙いは確かであった。

「う……」

しかし、喜平は、白煙の向こうに平然としている鷹之介を見た。

「な、何故だ……」

喜平は放心した。

あれこれ話しかけながら至近距離へとにじり寄った。彼の鉄砲の腕は名人と謳われる、土橋忠三郎も認めるものだ。

まさか外すとは思えなかった。

「おぬしは、わたしが嘘をつかぬ男と思うてくれたようだ。だが、おぬしが鉄砲を潜ませたように、この鷹之介もまた用心をいたした」

鷹之介は落ち着き払って言った。

「それは空砲じゃよ」

繁みの向こうから、忠三郎が現れた。

喜平の背後からは鉄太郎と平助が、そして忠三郎の後ろからは名主の俵右衛門が姿を現した。

鷹之介は持ち前の誠実さを前に出し、謀《たばか》りごとなどまるで思いつかぬかのような素振りをしてきた。

だが、今朝喜平と密会の約束をかわした後、喜平の様子を鉄太郎と平助に探らせていた。

そして、繁みに隠した鉄砲を、密かに忠三郎が空砲とすり替えたのである。

「ま、まさか……」

喜平は、それが自分の鉄砲ではないことに今気付いたのであった。

九

新宮鷹之介は、騒ぎ立てることなく喜平を名主屋敷に送り届けると、その夜は土橋忠三郎の家に泊まり、翌朝江戸への帰路についた。

この度の一件に関わった者達は、村で裁かれたらよいのだ。

鷹之介はあくまでも、己が推測だけを俵右衛門に語り、後のことは何も知らぬまま、村を出ることにしたのである。

名主屋敷にある仮牢へ入る喜平は、泣きじゃくっていたが、俵右衛門は喜平に、

「お前のしたことは、どうしようもないほど酷いものだ。だがわたしは、お前よりも根太七が腹立たしゅう思えてならぬ……」

と、無念をにじませたものだ。

恐らく俵右衛門は、魔がさした者が何よりも悪いのだが、人に魔を与える者もまた罪が大きいと言いたかったのであろう。

根太七は長田村では有力者であり、それなりの徳や威厳を備えていなければならない男であった。

だが、無惨な死に方をした時も、

「山神様の罰があたったのさ」

悲しむ者はほとんどなく、誰もがそのように言った。殺されるべくして殺されたとも言えよう。

根太七が誰からも敬われ、慕われている男なら、喜平にも魔が差さなかったであ

ろう。

俵右衛門が根太七を悼《いた》む気持ちは、彼へのそういう怒りへと変わったのである。

「平助のお蔭で、おれはまたひとつ大人になったよ」

鷹之介は、平助を供に連れてきてよかったとつくづく彼を称《たた》えて、

「若え頃の悪さが殿様の御役に立つとは、これほどのことはございません」

またも平助を照れさせたのである。

村を出たのは夜明けであった。

忠三郎ただ一人に見送られての出立とした。

「ただ撃つのみ……、それが鉄砲上達の秘訣である。忠三郎殿、よく思い知らされてござる」

「畏れ入ります。頭取に問われて、やっと極意が己自身わかりましてござりまする……」

さっさと村を出たかったが、忠三郎との別れが惜しまれ、鷹之介はさらなる言葉を探していた。

鉄太郎は、年若の自分が出しゃばったことを言ってはいけないと、黙っていたが、

「土橋先生……！」

俄に忠三郎を先生と呼び、

「一度、江戸にお戻りになり、御子息にお会いになられたらよろしいかと存じまする」

と、真顔を向けた。

忠三郎は少し切なさを表情に浮かべて、

「なるほど、それもよろしゅうござるな。しかし、倅はわたしを許しますまい……」

「いえ、そんなことはございませぬ」

「そうでしょうか……」

「わたしの父は、井上組の鉄砲方与力でござりました」

「左様でござったか……」

「そして、何たる偶然でござりましょうか。わたしの父もまた、大砲に魅せられ浪人となって長崎に……」

忠三郎はあっと目を見開いて、

「それで、その御父上は?」

「長崎で、我ら母子を残して死んでしまったのでござりまする」

「母子を残して……」

「わたしは父を恨んだこともありました。だが今の土橋先生のように、己が想いを遂げ、名人とまで謳われた父がわたしに会いに来てくれたら……。わたしは何もかも忘れて、父との再会を喜び、しばし刻を忘れることでしょう」

忠三郎は、鉄太郎をまじまじと見ていたが、

「忝《かたじけの》うござる」

鉄太郎に頬笑み、鷹之介には、それゆえこの若者をいつも傍に付けてくれたのかと、拝むような目を向けた。

「ああ、やっとお伝えできました……」

鉄太郎はいつもの屈託《くったく》のない笑顔をみせた。

鷹之介はそれを機に、

「きっと訪ねてくだされ、土橋先生……」

主従で立礼をすると歩き出した。

忠三郎は胸がいっぱいになったのであろう。

ただ頭を下げて一行を見送った。

鉄砲さえ撃っていれば幸せである。

そう思って十数年の間、ここで暮らしてきたが、名人と言われるようになって、

「おれは人として、男として、これで十分であったと言えるのであろうか」

時折、そんな想いにかられる日が増えた。

それが人間の欲なのであろうが、江戸に自分の帰りを望んでいてくれる人が突如として現れたのは僥倖《ぎようこう》としか言いようがあるまい。

それを噛みしめると、何も言葉が出なかったのである。

鷹之介は忠三郎の感激を背中に感じながら、

「やはり旅はよいな。おれもまた少し、大人になったような気がする」

と、鉄太郎と平助ににこやかに告げた。

日光からの帰りは急がずともよいゆえ、道中に珍しい武芸を見つけたら、それを拾うて来よ――。との命であったが、長田村の惨劇は差し引いたとて、鉄砲名人の話で十分ことが足りるであろう。

ふと見上げると、峠に女の姿が白い点となってあった。

巫女のおいちであろう。

はるか遠くからでもわかるほど、その姿からは哀切が漂っていた。

鷹之介主従はしばしその白い点を見つめると、やがて脇目もふらずに、江戸への道を急いだのである。

第三章　弓と鉄砲

一

江戸赤坂丹後坂《あかさかたんござか》の屋敷に戻ると、もう初夏になっていた。

武芸帖編纂所頭取・新宮鷹之介は、若党・原口鉄太郎、中間・平助と共に、日光出張を無事に終え帰府を果した。

役儀については抜かりのない鷹之介である。

予め屋敷に帰府の日取りを文で伝え、これを受けた老臣・高宮松之丞が、支配である若年寄・京極周防守の屋敷へ参上し伺いを立てていた。

帰府するや否や旅の報告にあがりたいという鷹之介の願いに、

「いかにも鷹之介らしい」

と周防守は相好を崩し、早速対面をいたそうと約した。

鷹之介は屋敷に入るや、慌《あわただ》しく着替えをすませると、京極邸へ出仕したのである。

元より周防守も、鷹之介の土産話を楽しみにしていた。

本来の務めであった、日光奉行所の武芸事情の視察についてはほどほどに、帰路の寄り道について、

「何ぞおもしろいことがあったか？」

いそいそと問うたものだ。

鷹之介は山間の村の鉄砲事情と、中には射撃の名人がいて、針に糸を通すがごとき腕前を保持していると言上した。

その上で、

「これは、出しゃばったことをいたしました。どうか、村へのお咎めなきように願いとうござりまする」

と、長田村での騒動の顚末を語ったのであった。

「うむ、それはおもしろい。よくぞ出しゃばってやったのう」

周防守は鷹之介の報告に満足して、

「上様には、旅の宿りにそなたが見た夢、としてお伝えしておこう」

と、旅の無事を祝ってくれたのであった。

鷹之介は、まず一息つくと、それから編纂所へと出仕した。

門を潜ると驚いた。

武芸場に、頭取の帰りを今か今かと待ち侘びた者達がずらりと居並んでいたのである。

水軒三右衛門、松岡大八、中田郡兵衛、お光は元より、鎖鎌の小松杉蔵《こまつすぎぞう》が当り前のような顔をして加わっている。

さらに、将軍家別式女《べつしきめ》・鈴《すず》が、家来の村井小六《むらいころく》を従え、涼しい顔で座っていた。

「……今日は何ぞ行事でもあったかな……」

鷹之介は目を丸くした。

「あ、いや、これは無事お戻りになられた由《よし》、祝着至極《しゅうちゃくしごく》に存じまする」

三右衛門が一同を代表して、祝辞を述べ、一同は皆頭を下げたが、大八が続いて、

「頭取が役所を留守になされて一月と申しますに、皆、そのお姿に飢えてしまいま

して……」

真顔でおかしなことを言い出したので、一斉に笑い出した。

「これこれ、大八。お姿に飢えたと言う者があるか、ここには鈴殿もおいでなのじゃぞ」

それを三右衛門が窘める様子もまたおかしく、

「お帰りなさいませ」

改めて鈴が艶やかな顔を床に伏せると、鷹之介は言い知れぬ感激に襲われ、

「また、よろしく頼みますぞ……」

と応える声が、しっとりと濡れてくるのであった。

当り前のように思っている日常も、少し間が空くことで、新たな発見が生まれるものだ。

水軒三右衛門と松岡大八は特に、

――自分達の武芸は頭取がいることによって生かされている。

と思い知ったようだ。

何かと落ち着かず、お節介焼きで、危険なところに自ら首を突っ込みたがる熱血

漢――。

そういう頭取がいないと、武芸帖編纂所は真に閑職の極みであった。

鷹之介がいない間は皆することがなかった。

というよりか、することが見つからなかったといえる。

この老武芸者を気遣い、鈴は暇を見つけては編纂所に通い、三右衛門、大八に、あれこれ武芸指南を請いに来ていたらしい。

そして鷹之介もまた、三右衛門と大八に守られている日常のありがたみを知り、二人によって養われた智恵や判断が身に付き始めたと、旅をして知ったのである。

鷹之介は武芸場へ上がると、

「これは他言無用にな……」

もったいをつけて、旅の話を一同に伝えた。

京極周防守に熱く語った話を、もう一度ここでするのも疲れてしまい、もっぱら原口鉄太郎に話させた。

その上で、武芸のひとつである砲術を、この機に考察しようではないかと言って、一同を興奮させた。

鷹之介は、編纂所での射撃の稽古の許しを周防守に請い、これを許されたのである。

編纂所保有の武芸帖には砲術のものもある。それゆえ、開設時に揃えられたあらゆる武具と共に鉄砲も弾の重さが三〜五匁《もんめ》の細筒、十匁くらいの中筒、銃身の長い長筒が、各一丁ずつ保管されていた。

弾もそれぞれ五十発ほど常備してあったのだが、一度も撃つ機会のないままここまできた。

編纂所の開設からこの方、鉄砲にまで気が廻らなかったし、砲術が取り上げられることもなかったのだ。

だが、三右衛門も大八も武芸の心得として、旅先の大名家の砲術師範に教えを請い、何度か撃って以来、鉄砲には触れてもいなかったので、

「まさか、編纂所で撃てるとは思いませなんだ」

「これはほんに嬉しゅうござりまする」

と、大喜びした。

そうなると鈴、小松杉蔵、新宮家の家来、中田郡兵衛、お光に至るまで、

「一度で好いので撃ちとうございます」

となる。

だが、いくら許されたとはいえ、大きな銃声を響かせるのもためらわれる。

「役所の庭に囲いをつけて、その中で撃つようにしては……」

大八は真顔で言ったが、

「たわけが、そんな面倒なことをしていられるか」

三右衛門は一蹴《いっしゅう》して、

「音にぶつかるものがあれば、それだけ響くことになろう」

裏手の庭は、空き地と続いているので、ここに的を設らえ、弾がとぶところには土を盛っておけばよかろうということになった。

「行く行くは鉄砲用の稽古場を裏手に設らえるとしよう」

鷹之介は希望を膨らませつつ、すぐに撃ちたい皆のために、三右衛門の案を取り入れ、近隣の武家屋敷へ高宮松之丞を遣《や》り、断りを入れておいた。

その上で、

「よろしければ、御一緒にどうかと主が申しておりまする」

との誘いを入れたので、屋敷の主達が、

「これはお誘い忝《かたじけな》し」

我も我もと鉄砲を撃ちに来たものだ。

それによって、あるだけの弾を使い果すまでに撃ったが、近隣の旗本達は、どれも前に弾はとぶものの、的の木札に当てた者は一人もいなかった。

編纂所では、さすがに武芸全般に通じる三右衛門と大八が三度の試射中二発を当てた。

鈴も女ながらに一通りの武芸は心得ていて、彼女もまた三発中二発を命中させて、周囲の者を驚かせた。

しかし、圧巻はやはり新宮鷹之介で、三発中すべてを的の中心を撃ち抜く腕前をみせた。

旗本衆は感嘆して、

「さすがは頭取、いやいや、武芸を一通り修めておいでじゃと伺うておりましたが、鉄砲まで極めておいでとは……」

「鉄砲の極意とは何でござろう」

鷹之介を称え問いかけてきたが、

「とり立てて極意などござりませぬが、あるとすれば、〝当れ！〟と念じることでございましょうか。ははは……」

と、鷹之介は煙に巻いた。

つい先日まで、鷹之介は名人・土橋忠三郎の指南で、何度も引金を引いてきた。

「ただ撃つこと……」

それが忠三郎の指南であったが、そんなことを言うと、

「なるほど、撃たねば話にはなりませぬな」

などと言って、毎日のように来られても困るのだ。

既に鷹之介から、鉄砲名人・土橋忠三郎の話を聞いている編纂所と新宮家の面々は、皆一様にニヤリと笑った。そして、帰った早々旅の疲れも感じさせず鉄砲に撃ち興じる若殿を、何とも誇らしげに見ていたのである。

二

新宮鷹之介は精力的に動いた。

鉄砲の射撃稽古を早速始めたという報告を京極周防守の許にすかさずしに行くと、

「軽々しゅう稽古をしてしまいましたが、鉄砲は容易《たやす》う撃ってはならぬものかと存じまする。さらなる御指図を頂戴いたしとうござりまする」

鉄砲使用については細心の注意を払っていると改めて告げた。

「わかっているならばよい。これからの世に鉄砲は大きな役割を果すことになろう。鉄砲方とは違ったところからこの武器を見つめるのが、そなたの役儀と心得よ」

周防守は、鷹之介の支配への気遣いに安堵した。

編纂所での鉄砲試射を許したものの、何ごとにも夢中になる鷹之介が我を忘れて没頭すると、市中での騒擾《そうじょう》に繋がる恐れがあると、一抹の不安を抱いていたからだ。

その辺りの機微を心得ているのなら心配はない。

「鉄砲と弾薬の取り扱いにはくれぐれも気を付けてかかるがよい。どうせ弾も切れたであろうゆえ、編纂所に百ほど届けさせよう」

周防守はそう言って鷹之介を喜ばせると、

「近々、鉄砲方の田付組に砲術師範を集めて、鉄砲の腕を競わせる試みがある。これぞという者がいたならば、編纂所の推挙として出せばよい」

と、告げたのである。

果してすぐに鉄砲方から弾薬は編纂所に届けられ、編纂所では日々の話題は鉄砲一色となった。

鷹之介が帰府したその日の射撃会で、編纂所、新宮家の者達は鉄砲を撃った感触を得て、ひとまず気持ちの昂ぶりは収まった。

それからは刻《とき》の鐘《かね》の時分に合わせて、数発射撃をしつつ、鷹之介、三右衛門、大八は武芸帖に記された鉄砲の撃ち方を実演してみた。

鷹之介は、鉄砲へのわだかまりが先だっての旅によって払拭《ふっしょく》された原口鉄太郎を時に召して、鉄砲を撃たせせた。

「ほう、これは鉄さん……」

「好い腕だ……」

三右衛門と大八が感嘆するほど、鉄太郎は鉄砲の腕を上げていた。

「殿のお蔭で、土橋先生の撃ち方を傍近くで見ることができましたゆえ」

鉄太郎はそう言って笑ったが、彼は自分でも驚いていた。

鉄太郎の出自を知る高宮松之丞は、

「血筋は争えませぬな」

と、鷹之介に感慨深げに呟いた。

若年寄への気遣い、鉄太郎への想い、長田村での仕置き、どれをとっても鷹之介は心得たものである。

松之丞にとっては、家来と共に成長していく若殿の姿を傍で眺めていられるのが、日々の楽しみとなっている。

――こうなると鈴様が、別式女から身を退かれ、晴れて殿の御妻女に。

その期待がむらむらと湧き上がってくる。

改易された大名・藤浪《ふじなみ》家再興が、遺児である鈴に託されていたが、故・豊後守《ぶんごのかみ》に男児の庶子《しょし》がいたとわかり、鈴はそのしがらみから逃れられた。

将軍・家斉が鈴を気に入り、別式女として身近に置いておきたいゆえの庶子捜しであったといえるが、

——お気に入りということでは、殿とて同じじゃ。お気に入り二人を添わせてやろう、ときっとお思いに違いない。

松之丞はそのように望みをかけている。

とはいえ、それにはまだ少しばかり刻がかかるようだ。

ここ武芸帖編纂所で武芸の修練に励めばよいと、将軍家から勧められている鈴は、それが鷹之介との見合の意味を兼ねたはからいだとは、未だ認識をしていないと見える。

この度も、

「わたくしもここで鉄砲を撃てるのですね！」

と顔を赤らめ、頰に鉄砲の銃床の跡をつけて命中を喜ぶ姿を見ていると、今は鷹之介と一家を成すことより、共に武芸の腕を磨くことの方が楽しくて仕方がないようだ。

——まず焦りは禁物だ。こうなれば、自分も長生きするしか道はない。

そう思い定めて体を気遣う松之丞であった。

そしていつものことながら、当の鷹之介は武芸帖を紐解きつつ、射撃をして無邪気に喜んでみたり、難しい顔をしてみたりの繰り返しであった。

「う〜む、やはり土橋殿の言う通りじゃな。武芸帖に記された極意など、まず鉄砲を撃たぬと思いもつかぬ。そうではないかな、三殿、大殿。となると鉄太郎、そなたは筋がよいゆえ、三日に一度は鉄砲を撃ち手応えを忘れぬようにいたすがよい」

鷹之介はそのように命じて、鉄太郎のやる気を奮い立たせたのだが、三右衛門と大八は、

「頭取の申される通りでござりますな」

「鉄砲の上達はただ撃つのみ。撃ってこそ当る弾もあり……。某も土橋殿に会いとうござりました」

などと、容易いようで上達の難しい鉄砲について想いを馳せていた。

すると、鷹之介が江戸に戻ってから五日目に、長田村の名主・俵右衛門から文が届いた。

先日の礼状であったが、その後の村についてお報せをしておきたいものの、文に

認めるのも憚《はばか》られるので、土橋忠三郎に託すとあった。

「土橋殿が出府する……」

鷹之介は大いに喜んだ。

いつでも思いたったがままに江戸に来ればよい。その折は是非、赤坂丹後坂の武芸帖編纂所を訪ねてくれるように――。

俵右衛門と忠三郎には、そのように言い置いて出立した鷹之介であった。

到着は三日後の予定となっていた。

編纂所と新宮家は俄に活気付いた。

一時の鉄砲熱は冷めたが、誰もが忠三郎の妙技を見られると思うと嬉しくてならなかった。

鷹之介が京極周防守の許しを得て、編纂所で射撃が出来るようになったのは喜ばしいことであった。

文の通り、忠三郎は三日後の昼下がりに編纂所にやって来た。

原口鉄太郎と平助が門口に出て到着を待ったゆえ、忠三郎はためらいもなく役所に入り、鷹之介と対面を果し、編纂所の面々との顔合せが叶った。

「何やらすっかりと砲術師範の風情が漂うておりますな」

鷹之介は目を細めた。

そもそも土橋忠三郎は武士である。

出会った時は猟師然としていたが、今日は野袴に紋付、腰には大小をたばさむ、旅の浪人風に姿を変えていた。

旅に出て江戸へ入るのである。

山間の村のように鉄砲を携えてというわけにはいかなかったが、装束、道具共に何かの折のためにとあの山の住まいのどこかにしまってあったようだ。

「いや、久しぶりの恰好でございまして、いささか気恥ずかしゅうはございましたが、御役所をお訪ねするのに、むさとした形《なり》ではならぬと存じまして……」

忠三郎は何度も頭を掻いていたが、

「忝《かたじけの》うござる。我らもこれで砲術師範・土橋忠三郎殿として、当編纂所に御逗留願うことが、心おきのうなりまする」

鷹之介は力強く応えたのである。

三

水軒三右衛門と松岡大八との鉄砲談義もほどほどに、土橋忠三郎はまず長田村のその後について、

「あれこれと、あやふやにならぬうちに名主様からの言伝を、お話し申し上げましょう」

と、語り始めた。

名主の俵右衛門は、村人が騒ぎ立てて新たな火種が生まれぬように、根太七の死は熊を見て慌てた喜平が、誤まって彼を撃ってしまったことにした。

喜平は自分の過失を隠そうと、自分も熊に襲われ気を失っていたふりをした。

谷底に落ちた根太七は、熊や山犬に死後体を食い荒された。その責めは喜平にある。

それゆえ喜平は隠居の体をとり、息子二人に家を継がせ、妻子の責任において、喜平を家の蔵で幽閉するよう申し付けた。

根太七の女房・おぬいは、密かに喜平と通じていたが、それは不問に付した。

喜平は否定したが、根太七殺しは、おぬいと共謀の上でのものであったとも考えられる。

その疑わしさは、おぬいが根太七と入会地の横領を企んだということに置き換え、おぬいを実家に戻し、根太七が所有していた田畑の内、おぬいの食い扶持だけを実家に与えた。

その他の土地は、根太七の家に長く仕えた小作人、奉公人、一部の水呑み百姓達に分け与えた。

喜平に言われるがまま、彼を手伝った槌太郎はお構いなし。

巫女のおいちは、村を騒がせた廉《かど》で四十を待たずに一線を退き、新たな巫女の世話をすることを余儀なくされた。

五人組のうるさ型の与平は、これらの処分についてあれこれと俵右衛門に言いたそうであったが、

「お前は根太七と争うていた。あまり出しゃばると、御役人から痛くもない腹を探られることになるやもしれぬぞ」

ぴしゃりと俵右衛門に言われて、以後は沈黙したという。

「名主殿もなかなかやる……」

温和で好々爺《こうこうや》を絵に画いたような俵右衛門であるが、ここというところでは硬軟取り交ぜて見事な仕置きをしてのけた。

これなら村人の気持ちも殺伐とはしまい。

罪咎を犯した者はそれなりの罰を受け、また今度のことで恩恵を受ける者もいるのだ。

山神の伝説も息づいていくであろう。

「名主様は、頭取に気遣うておいでございました」

「わたしに？」

「喜平はあの折、鉄砲を隠し置いて、いざとなれば頭取のお命を奪わんとしたのです。幽閉くらいですまされるものではないと……」

「いや、喜平は十分すぎるほどに裁かれたかと……」

まだ四十を少し過ぎたくらいで隠居させられて幽閉されるのは痛恨の極みであろう。おかしな動きをすれば、目付役の妻子が罰せられるとなれば、喜平はこれからが生き地獄であろう。鷹之介には哀れに思えてならなかった。

「名主殿には、わたしの方からひとまず文を送っておくとしましょう。ただただ安堵いたしたと、それだけを認《したた》めて」

「畏れ入りまする」

「土橋先生も、これで村へ帰れば誰からも一目置かれる名士となりましょうな」

「先生などとはお止めくださりませ。わたしは鉄砲の腕にいささか覚えはございますが、ただの山の猟師にござりますれば」

忠三郎は、美しく剃りあげた月代《さかやき》を赤くして照れてしまったが、

「いやいや、わたしがこの目で見た限りにおいては、土橋殿の鉄砲には、ただ撃っているようで奥深さがある。これはもう、土橋流と名付けてもようござる」

「山の猟師が一流の師など、名乗ってよいものではござりますまい」

「いや、武芸の流派とはなかなかにおもしろいものでござってな」

鷹之介は、ちょうどそこに茶菓を運んで来たお光をその場に控えさせ、

「これはお光と申しまして、当武芸帖編纂所で我らの身の周りのことなど務めてくれておりますが、元は漁師でござった」

「猟師……？」

目を丸くする忠三郎に、

「漁師というのは海の方でございます」

お光は浅黒い顔を綻ばせて、

「海女《あま》でございました」

と応えると、すかさず鷹之介が、

「それでいて、白浪流という水術を継ぐ者でござる」

「なるほど水術の師範で……」

お光はちょっとすまし顔で、新宮鷹之介との出会いによって、水術指南・明石岩《あかしいわ》蔵《ぞう》から白浪流を授けられたのだと手短かに語った。

その明石岩蔵も元は武士で、水術への夢が忘れられず、芝金杉橋の袂に釣具屋を開き、これを妻子に任せきりで白浪流を極め、武芸帖編纂所にその名が記されることになったのである。

忠三郎の顔が生き生きとしてきた。

「では、わたしが鉄砲を撃つことを諦めきれずに、猟師になったのと同じことで

「……？」

「左様、そういえば長田村では、詳しゅう話をせぬままでござったな。この武芸帖編纂所は、滅びそうになったものや、まるで日の目を見ぬままに終りそうな武芸を伝えていくのも大事な役目なのでござる」

鷹之介は嚙み締めるように言った。

三右衛門、大八、傍らで聞いていた郡兵衛とお光の顔が綻んだ。

鷹之介がこの言葉を語ると、それだけで武芸者の心が洗われるからだ。

「このようなありがたい御役所が、いつしか江戸に出来ていたのでございますねえ」

つくづくと感じ入る忠三郎に、

「土橋忠三郎殿のこれまでの精進も、一つの武芸として、認められるはずでござるぞ」

鷹之介はやさしい声で言った。

「ありがたき幸せにござりまする」

「さて、土橋流でよろしゅうござるかな」

忠三郎は、自らが命名するのはやはり恰好が悪いと思ったのであろう。

「それはもう頭取の御存念にて、おつけくだされば幸いにござりまする」

恭しく頭を下げた。

「我らが認める限りにおいては、砲術土橋流は、明日にでも武芸のひとつとして残されましょう。土橋先生は、久しぶりの江戸での日々を、砲術師範として過ごされたとて、何の遠慮もござりますまい」

鷹之介はにっこりと笑った。

この度の土橋忠三郎の出府には、長田村のその後の仕置きについて、鷹之介に直に報告する使命を帯びていたわけだが、それだけではなかろう。

原口鉄太郎と平助も口を揃えて、

「別れたままになっている妻子に一目会いたいと思うたのでは……」

忠三郎の心の内を読んでいた。

となれば鉄砲の夢を捨て切れず、浪人となって江戸を出た忠三郎が妻子に会うには、公儀の役所から砲術師範と認められた誉《ほまれ》を持っているのといないのとでは大きな違いがあろう。

「土橋先生、これで会いたい人にも大手を振って会えましょうぞ」

「あ、いや、その儀につきましては、まだ夢を見ているような心地がいたしまして……」

鷹之介に心の内を読まれて、忠三郎は戸惑い、うろたえた。

確かにこ度の出府には、浪人となるや自分を見限っていなくなった妻と子供への想いが込められていた。

だが、会えたところで、妻子にとっては土橋流砲術など絵に描いた餅であろう。ますます、

「長年の山家《やまが》暮らしで、おかしな夢を見るようになったのか……」

などと思われるに違いない。出府したものの、このまま長田村の使者としての役目をまっとうし、黙って帰った方が傷つかずにすむのではないかと、葛藤《かっとう》が続く忠三郎に、

「土橋先生、着いた早々お疲れかもしれぬが、これから歓迎の宴を深川《ふかがわ》で開きとうござる。お付合いを願いとうござる」

鷹之介はさらに攻め立てるように言ったのである。

四

宴はいつものように、深川永代寺《えいたいじ》門前の料理屋〝ちょうきち〟で開かれた。

土橋忠三郎を迎えるのは、新宮鷹之介、水軒三右衛門、松岡大八、原口鉄太郎、平助の五人。

さらに、ここでは芸者の春太郎《はるたろう》が付きものとなっている。

硬骨の士で、ともすれば朴念仁《ぼくねんじん》と化すのが玉に瑕《きず》の宴の亭主・鷹之介を、おもしろおかしく支える春太郎もまた、角野《かどの》流手裏剣術継承者・富澤春《とみざわはる》としての顔を持っていた。

「何と、この姐《あね》さんも武芸一流の師範なので……？」

忠三郎はまたひとつ唸った。

真に武芸は複雑怪奇で、皆苦労をして、その術を後世に伝えているものである。

春太郎の亡母・おゆうもまた三味線芸者で、武芸者であった富澤秋之助《あきのすけ》に惚れ抜いて、生まれたのが春太郎であった。

おゆうは身分違いの恋と心得て、秋之助に貢ぐだけ貢いで死んでしまった。

春太郎は、自分と母に苦労をかけてきた秋之助とはおゆうの死を境に疎遠となったが、子供の頃から父に教え込まれた手裏剣術は、いつしか身に備っていた。

結局、秋之助は手裏剣によって悪徳商人を暗殺し、その時の争闘の傷が祟って死んでしまうが、愛娘・春には金と術を遺してくれた。

今では、もう少し父親とわかり合えていたらどれほど幸せであっただろうか、と彼女は思っている。

そんな身の上話を、

「鷹旦那の御前だからお話しいたしますがね……」

母親譲りの三味線の芸の間に語る春太郎に、忠三郎はすっかりと心を奪われていた。

「まったく、身につまされる話でござる。とはいえ、わたしの倅は、姐さんのような目で、父親を見てはくれぬであろうが……」

心地よい酒の酔いが、かえって弱気にさせるのか、忠三郎はそう言って嘆息したが、哀しげな顔で見ている鉄太郎に気付き、

「いや、これはしたり。鉄太郎殿は、自分なら父との再会を喜び、しばし刻を忘れることだろうと、励ましてくれたというものを……」

と、また心を奮い立たせる。

「もう随分と前の話だと申しますに、別れた時の妻の顔が昨日のことのように思い出されてどうもいけませぬ……」

そしてまた首を竦めてみせる。

鉄砲名人と言われるようになったが、その代償の大きさが、過ぎた歳月の長さだけ膨れあがって彼の心を千々《ちぢ》に乱れさせるのだ。

「その時、ご新造《しんぞう》さんはどんなご様子で？」

春太郎が問うた。

不思議とこの姐さんが男女の話をすると、暗い話もしっとりと濡れてくる。

「それはもう、怒りを通り過ぎて、呆れた顔をしておりましたな。同心などといっても足軽の身分、いかほどのものでもないが、僅かな禄でも自分から捨てる馬鹿がどこにいる……、愛想を尽かされた時の、妻のやるせなき目が今でも頭の中に浮かんで離れぬ……」

「それゆえ、江戸に久しぶりに帰って来たのに、やはり妻に会うのには二の足を踏んでしまう。そんなところですか？」

「姐さんの言う通りだ」

忠三郎の物言いも心もち垢《あか》抜けてきた。

元はといえば代々の江戸育ち、貧乏同心ながらも恰好をつけた昔もあった。

「妻という垣根を越えぬと、子供にも会えぬ……。そう思うと気が引けてならぬ……」

「妻の垣根はそんなに高くはありませんよ」

春太郎は、ニヤリと笑って先ほどから忠三郎の言葉に相槌を打っては酒を楽しむ、松岡大八を見た。

「そうですよねえ、松岡の旦那」

大八はどぎまぎとして、

「何ゆえおれに訊くのだ……」

三右衛門も悪戯《いたずら》っぽい目をして、

「決まっているだろう。土橋殿の妻子との別れなど、お前のそれと比べたら大したことはないはずだ」

「まあ、それはそうだな……」

松岡大八は、己が武芸を貫くあまり、開いていた剣術道場を潰してしまい、己が不注意から娘を病で死なせてしまった過去がある。

それが引金となって夫婦は別れてしまったのだが、

「お前は随分と切ない別れ方をしたものだ」

「三右衛門、傷に塩を塗るようなことを言うでない」

大八は顔をしかめた。

「何が傷に塩だ。お前は八重《やえ》殿とまた、よろしくやっているそうではないか」

三右衛門はそれをからかうように言った。

「よろしくやっているとは何だ！」

大八は真っ赤な顔をして怒ったが、鷹之介を始めとして、一同は大八を見て楽しそうに笑った。

武芸者としては申し分のない技量を備えている松岡大八であったが、それが世に認められず、一時は見世物小屋で天狗面を被り、居合抜きや放下《ほうか》を見せて暮らしていたこともあった。

それが武芸帖編纂方となって身を落ち着かせてから、かつての妻・八重と再会し、娘の死という暗い思い出を乗り越えて、近頃ではまた縒《よ》りを戻しつつあった。

八重は今、妹の嫁ぎ先の医院に身を置いているのだが、

「ちと通りかかったものでな……」

大八は、そんな見えすいた嘘をついては医院に立ち寄って、仲睦《むつま》じく語らっているらしい。

今ではそれも、編纂所と新宮家では公然たる事実として受け容れられていて、真に頬笑ましいと、皆がそっとその仲を見守っていたのである。

「大八、そうむきになる奴があるか。立派になったお前の姿に、八重殿も心を開いたというわけではないか」

三右衛門は宥めた。

「そうですよう旦那。旦那のその話が、どれほど土橋の旦那にとって心強いか。そうですよねえ……」

春太郎もまた大八を宥めると、忠三郎を見た。

「あ、ああ、松岡殿の話は、わたしにとって何よりの慰めです」

忠三郎は、自分ほど身勝手で酷い男はいないと思ってきた。

自分が鉄砲に触れていたいがために妻子を犠牲にしてしまったのだから、夫としても父親としても恨まれて当然と思ってきた。

しかし、武芸帖編纂所に来てみると、自分以上に武芸に取り憑かれて妻子を泣かせた者達が、辺りにごろごろといる事実に驚かされてしまう。

そして夫婦、親子が、いかにいがみ合い、憎しみ合ってきても、いつか武芸がひとつの完成を迎えた時、妻や子は武芸者が乗り越えてきた困難に想いを馳せ、自分達の苦労が報われた喜びを得ることが出来る——。

忠三郎はそういう武芸にまつわる人情の機微を垣間見た気がした。

しかも、深川の料理屋で三味線の音を聞きながら——。

「頭取は人を慈しまれるがゆえに、いくつもの滅びかけた武芸を武芸帖に記すことができたのでございますな。わたしも、胸を張って妻子に会いとうございます……。どうぞお力をお貸しくださりませ」

忠三郎は、鷹之介と彼の周りに集う心温かき面々に励まされ、もう二度と会えぬと思っていた妻と子に、会う決心を固めたのである。

「まず、万事お任せあれ」

鷹之介は胸を叩いた。

この若武者は、武芸帖の編纂によって、己が武術の修練や知識の修得に努められる喜びを知ったのだが、近頃ではそれに加えて、

「色んな人の生き様に触れられるのが、真にありがたい」

と、思い始めている。

己が若さを補ってくれるのは、水軒三右衛門、松岡大八、高宮松之丞といった身近な大人であり、武芸帖編纂の役儀によってまのあたりにする人の生き方であると気付いたのだ。

「何も心配いりませんよう」

春太郎は、男同士の力の入ったやり取りを和《なご》ませるように、

「土橋の旦那は、女房子供を捨てたような気になっておいでかもしれませんが、今まで遊んでいたわけじゃあないんですから……」

おっとりとした声で言うと、また三味線を弾き始めた。

五

江戸到着初日は、夢を見ているかのように過ごした土橋忠三郎であった。

新宮鷹之介は、てきぱきと指図をして、忠三郎を助けた。

まず、今ではまるで消息が途絶えてしまった、妻のくめと息子の彦太郎《ひこたろう》の行方を捜すところから始めねばならなかった。

かつての鉄砲磨同心の同輩を訪ねればよいのかもしれないが、鷹之介はそれをさせなかった。

鉄砲を磨くのに嫌けがさして致仕した忠三郎である。

彼が辞めてからもずっと鉄砲を磨き続けている者にとっては、口を利きたくないと思っている節も多々あろう。

同じところにいて、自らとび出した者が思いのままに鉄砲を撃ち、武芸帖編纂所からは砲術師範の扱いを受けているとなれば、再会を懐しむより、羨《うらや》みが勝とう。

そこは鷹之介も、小姓組番衆として出仕していた頃があり、編纂所の内では誰よりも宮仕えする者の複雑な心境をわかっている。

そこで、かつての剣友であり火付盗賊改《ひつけとうぞくあらためかた》方同心の大沢要之助《おおさわようのすけ》と、その手先を務める甘酒屋の儀兵衛《ぎへえ》に調べを託した。

忠三郎が配されていた鉄砲磨同心は、田付組の支配である。

田付組を率いる田付四郎兵衛《しろべえ》は、鉄砲方に加えて火付盗賊改を兼務しているので、繋がりがあった。

忠三郎が致仕した後、妻子はどうなったか、あらましを要之助が調べてくれたら、後は儀兵衛が抜かりなく調べてくれるに違いなかった。

さすがは役所の長である。日頃からそういう付合いがあるものかと忠三郎は感嘆しつつ、編纂所に逗留させてもらえる喜びを感謝に代えて、帰府二日目の朝、いよいよ鉄砲の腕を披露したのである。

鈴と小松杉蔵を招いてもよかったが、鈴は大奥での務めがあるゆえ、あえて報せず、杉蔵については、

「あ奴はそもそも編纂方でもないゆえ、わざわざ報せることもござりますまい」

「調子に乗せてはいけませせぬ」

三右衛門と大八は、決して口が堅いわけでもない杉蔵には、内々でしている鉄砲の試射について教えてやる必要はまったくないと言い切ったのだ。

そうして、鷹之介、三右衛門、郡兵衛、お光、原口鉄太郎、高宮松之丞だけを前に、忠三郎は鉄砲を撃った。

「編纂所には鉄砲まで置いてあるのでございますな。せっかくゆえ、わたしがしっかりと手入れをしておきましょう」

忠三郎は、編纂所の備品を、己が子供のように扱いしっかりと磨いて、自分の手に馴染ませると、小さな木札を的にして五発撃った。

いずれもが、真ん中を貫いていた。

「鉄砲も喜んでいよう」

自分が撃ったわけでもないのに、鷹之介は随分と誇らしかった。

同じ的を使うと、真ん中に開いた穴が、ほとんどそのままの位置で、円を広げているように狙いは正確であった。

三右衛門と大八は大いに感じ入った。

武芸を極めている二人にとって、この後いくら精進しても到達出来ぬ鉄砲術の境地であった。

気負わず焦らず、心を無にして鉄砲を己が体の一部として五感を集中させてこれを撃つ――。

そこに鉄砲名人の極意があるのであろう。

言葉では言い表せない武芸こそが砲術なのだと、二人は勝手に納得をしていた。

どれだけ刻をかけて鉄砲上達のこつを訊いたとて、土橋忠三郎も応えに窮《きゅう》する。

三右衛門と大八は、武芸の達人としてそれがわかるのであった。

「頭取、この世には理屈で語ることができぬものがござりまするが、そのひとつが鉄砲かもしれませぬな」

三右衛門は、鷹之介にそれだけを告げると、忠三郎に試射を請い、ただじっと彼が鉄砲を撃つ姿を見つめていた。

すると、三右衛門の試射の腕は数段上がった。

その様子を見ていた大八もまた三右衛門に倣うと、命中の精度が上がった。

鷹之介は不思議に思って、

「両先生は、どこを見られたのじゃ?」

と、二人に問うたが、

三右衛門と大八は、首を振るばかりで言葉が出なかった。

「やはり理屈では語れませぬかな……」

鷹之介が嘆息すると、じっと考え込んでいた三右衛門が、

「つまるところは、名人の近くにいて、名人の発する気に触れていると、それだけで何かが己が体内に下りてくるのでしょうな」

と応えた。

「なるほど、気が乗り移るとでも言うものでござろうか」

鷹之介は納得がいった。

剣術でも、強い者が傍にいるだけで、何を学ばずとも自分も強くなった思い出がある。

武芸の上達は、つきつめていくと、そういう気が読めるかどうかで、決まるものかもしれない。

馬鹿といると自分まで馬鹿になってくるものだ。

都にいれば、そこで寝ているだけで洗練されてくる。

そういう実に微妙なところに、極意があるとすれば、それが鉄砲という人間の英知が作りあげた新しい武器に存在するとは、真におもしろい。

編纂所の三人のそういうやりとりも、当の忠三郎には何のことやらまるでわからなかった。

「ただ撃つのみ……」

そうして心と体で精度を上げていく、忠三郎はひたすらその境地で生きてきた。

物ごとを理屈で捉えない、それが射手に相応《ふさわ》しい性質なのかもしれない。

「さりながら頭取、これはやはり何とか理屈をつけて、土橋流砲術といたさねば、もったいのうござりまするな」

三右衛門は一通り、名人との試射を終えて、鷹之介に頷いたが、彼のその言葉こそが、鷹之介の今の想いであった。

理屈で考えると、武術などしていられない。理屈でまとめぬと、後世には伝わらない。

そこが武芸の難しいところなのだと、鷹之介は改めて悟ったのである。

六

鉄砲熱冷めやらぬ武芸帖編纂所であったが、甘酒屋の儀兵衛からの報せで、たちまち翳りに包まれてしまった。

新宮鷹之介の期待通り、大沢要之助と彼の指図を受けた儀兵衛は、あっという間に土橋忠三郎の妻子について調べてくれたのだが、

「ご新造さんは、もう五年ほど前にお亡くなりになっておりやす」

とのことであった。

くめが死んでほどなくして、倅の彦太郎は養家を出て行方知れずになったらしい。

くめの実家は王子《おうじ》の神官であったが、母子はどうも居辛かったようだ。

彦太郎は反発したのだろう。くめが亡くなる少し前から悪い仲間とつるみ始めて、次第に家へも寄りつかぬようになっていた。

くめも、自分から実家へ倅を連れて戻った手前、夫の忠三郎には一切報さぬままに逝ってしまったようだ。

その実家も、不幸続きで先年家が絶えてしまっている。

彦太郎の行方を探るのは難しいと思われたが、そこは火盗改方《かとうあらためかた》でも腕利きの手先である。

儀兵衛は乾分《こぶん》達を巧みに使って、ひとつひとつ順を追って、彦太郎の立廻り先を求めたところ、

「上野《うえの》山下の矢場《やば》にいるようですねえ」

と、調べがついた。

矢場は四、五人の女を雇う、おもんという二十五、六の女将が切り盛りしている。

そのおもんの情夫を気取った二十歳過ぎの遊び人風が、彦太郎であると知れたのだ。

「そうか……、親分ご苦労だったねえ……」

鷹之介は儀兵衛を労い、心付を渡したが、その報告は一人で聞いた。

忠三郎を同席させた方が話は早いのだが、悪い報せなら儀兵衛も話し辛いであろう。

三右衛門と大八に忠三郎の相手をさせ、まず自分だけで聞いてみたのであった。

その上で少しばかり話の角を取り除いてから、鷹之介は忠三郎に件の内容を伝えた。

おもん、彦太郎母子の実家との軋轢《あつれき》には話を触れず、彦太郎の出奔は、母の死の衝撃で気が動顚したゆえだと、忠三郎には伝えておいた。

とはいえ、それでも忠三郎の衝撃は大きかった。

知らぬ間に、妻であったくめは亡くなっていたのである。

彦太郎の出奔は、母の死が応えたゆえかもしれぬが、頼るべき実父も繋ぎがとれず、養家での肩身の狭さがそうさせたのに違いない。

矢場の女将の世話になって暮らしているというのは、彦太郎がぐれて盛り場をうろついていたことを如実に物語っている。

そして一度曲がってしまった倅の心を、不肖の父が真っ直ぐにしてやるのは、生半《なまなか》なことではあるまい。

「とは申せ、放っておくわけには参りませぬな」

忠三郎は衝撃に胸を震わせながら、分別くさい声で応えた。

鷹之介は、かける言葉に窮したが、人情家の松岡大八よりも、洒脱な水軒三右衛門の方が、こういう時は心強い。

「矢場の女将の世話になっているというのは、大したものでござるな」

鷹之介が忠三郎に、儀兵衛からの報告を告げる場に同席した彼は、彦太郎についてはまるで動じることなくにこやかに言った。

「大したもの……？」

情夫気取りで女に貢がせているなどとは、ろくなものでもなかろうと思う忠三郎は、小首を傾げたが、

「矢場の女将などというものは海千山千でござるぞ。そんな女に惚れられるというのは、定めて邪《よこしま》な風情に染まっておらぬ若さがあるゆえ。ははは、これは男として見込みがござるぞ……」

三右衛門は編纂所に漂いかけた翳りを払いのけるかのように頬笑んだ。

大八は、また三右衛門がおかしなことを言い出したと失笑したが、

「確かに、三右衛門の言う通りだ……」

歳上の女が放っておけない、かわいげが彦太郎には備っているのだろう。

そういうかわいげが、男にとっては何よりも大事なのだと大八もまた思っている。

二人の武芸者からそう言われると、忠三郎も落ち着いてきた。

「そのお言葉を頼みに、会《お》うてみようかと存ずる」

忠三郎は威儀を正した。

「うむ、それがよろしかろう。さりながら、くめ殿のことは無念でござったな」

鷹之介は忠三郎を励ましつつ、悔やみを言った。

三右衛門と大八も、神妙に姿勢を正した。

深川で春太郎は、

「今の旦那のお姿を見たら、ご新造さんはきっと惚れ直しますよ」

と、言ってくれたが、まずそんな淡い期待も儚《はかな》くなってしまった。

「口うるさい女でござったが、その分、人にやさしゅうござった。わたしが同心を辞めてしまった時に怒り狂ったのも、彦太郎の先行きを案じてのことであったかと……」

くめの不安の通り、父を失った彦太郎は、矢場の女将の情夫となった。

忠三郎が同心でいれば、今頃は何を迷うことなく、鉄砲方同心として見習いに出ていたであろう。

その想いが忠三郎を苛《さいな》む。

「されど、土橋殿がそのまま鉄砲方にいれば、倅殿は鉄砲名人の息子という誉は得られなんだわけでござるぞ」

鷹之介はすかさず言った。

「わたしは子供の頃に父を亡くし、辛い想いもいたしたが、父は将軍家の御為に戦い、武士として立派に討ち死にを遂げた。そのような武士の子として生まれた誉は、ずっと持ち続けている……」

三右衛門はいつになく感じ入って、

「左様でござりましたな」

鷹之介の父への想いを新たに知って畏まってみせた。

――三右衛門もおかしな男よ。

大八は、いつも飄々《ひょうひょう》として人を食ったような三右衛門が、いきなり態度を改める姿に不思議を覚えた。

――あの気難しいひねくれ者が、頭取にだけは従順だ。

「ありがたいお言葉、真に嬉しゅうござりまする」

忠三郎もまた畏まってしまったが、

「とは申しましても、倅はわたしに誉を覚えるでしょうか」

「まずその辺りのところは、三殿、大殿に加えて、編纂所には軍幹《ぐんかん》先生という読本《よみほん》作者がおりますゆえ、少しばかり大袈裟に飾ってみましょう」

鷹之介はそう言って頬笑むと、書役の中田郡兵衛をその場に同席させ、忠三郎と彦太郎対面の策を立てた。

――この頭取の人のよさこそがおれの誉だ。

鷹之介のお蔭で、八重と再び心を通わせるようになった松岡大八は、にこにことして郡兵衛の策を聞きつつ、そんなことを考えていた。

七

「なあ、おもん、二分《ぶ》で好いから都合つけてくれねえかい」

彦太郎は、悪びれもせず店の奥の帳場に座っているおもんの顔を覗き込んだ。

店には客が二人いて、矢取り女が付いている。

矢取り女は文字通り、弓矢を客に渡してくれる女である。

客は小さな弓で矢を放ち、的に当ると楊枝や歯磨き粉を景品として受け取るのが遊びの概容だが、射的目当ての客などまずいない。

向かい合って片膝を立て、白い脛《すね》を覗かせる矢取り女を口説きに来ているのだ。

この店には奥に小座敷があり、遊び終えると、女相手に酒が飲める。その先は金次第でよろしくやれるという寸法だ。

おもんは十六の時に矢取り女となり、色気だけではなく、正面から逆手で客の弓を操り的に命中させる妙技が評判を呼んだ。

気に入らない客の相手はしない気風《きっぷ》のよさも受けて、二十三の時に女将となって上野山下に矢場を開いたのである。

随分な遣り手であるが、頑張りを見せてしまうから若くして女将になってしまう。

面倒見のよさで知られ、それゆえ姐さんと慕われ、店も繁栄した。

そしてそれが悩みの種を作るとは皮肉なものだ。

女房に望む男もいたのだ。方便《たつき》は亭主に任せて気楽に暮らせばよかったものを、小遣いをせがむ頼りない歳下の男の面倒を見る始末であった。

男女の仲は、それぞれが置かれた境遇に共鳴すると、あっという間に火が点くが、一旦歯車が嚙み合わなくなると、違う方へ違う方へと向かっていく。

彦太郎はやさしい男であった。

初めて会ったのは一年前の雨の日のこと。

おもんはその日、苛々《いらいら》としていた。

矢場の女将を見下して、好い暮らしをさせてやると言い寄ってきた、成り上がりの商人を追い払ったと思えば、目をかけてきた矢取り女が、何の相談もなく客の男と逐電《ちくてん》する、どうしようもない日であった。

こんなことなら店などいつたたんでもよい。

そんな想いで外に出ると、路地に小さな子猫を胸に抱き、涙にくれている若い男がいた。

どこかで喧嘩でもしてきたのであろう。

体中傷だらけである。

浪人の子弟であるような風情で、着流しに長めの脇差を一本差している。

見た目からは、浪人の不良息子が喧嘩に巻き込まれ、腰の脇差を抜きも出来ぬままに、殴られ蹴られて逃げてきたようだ。

「お前さん、どうしたんだい？」

おもんが声をかけたのは、抱いている小さな子猫が気になったからだ。

「何でえ姐さん、どうしたもこうしたも、見りゃあわかるだろう。喧嘩に巻き込まれてこの様さ、みっともねえ野郎だと、うっちゃっておいてくんな」

精一杯恰好をつけたつもりであろうが、声も軒行灯に照らされた顔もあどけなく、体中から溢れ出る孤独な哀愁が、おもんの乾いた心を激しく揺さぶった。

「その猫は死んじまったのかい？」

「ああ、雨に打たれて鳴いていたから、懐に入れて連れて歩いたら、鳴き声が止んじまってよう。不憫な奴だぜ。親から逸《はぐ》れて、人に見放されて……。ふッ、おれと同じだ……」

「お前さんは濡れねずみだ。ちょいと寄っておいきな。あたしはそこの矢場の者さ」

何となく放っておけなくて、おもんにしては珍しく声をかけてやると、

「ありがてえが遠慮しておくよ。怪我だらけの濡れねずみじゃあ恰好がつかねえ」

男はそう言うと、猫を抱いたままふらふらと立ち去った。

その若い男が彦太郎であった。

彦太郎はその二日後にやって来た。

腰に脇差は帯びておらず、すっかりと町の遊び人風になっていた。

「おや、来たのかい?」

おもんが声をかけると、

「あのままじゃあ、恰好がつかねえからな」

相変わらず恰好ばかりをつけているが、こうしてやって来るところにかわいげがあり、馴れ馴れしくしてこないところに男らしさを見た。

彦太郎はおもんにだけは心を開いている自分に気付いていた。矢場でおもん相手に軽口を叩いていると、どこにいるより安らぎを覚えられた。

この頃の彦太郎は、母とも死別し、何かと口うるさい養家の者達に反発して、家をとび出して宿無しとなって暮らしていた。

面倒見のよいおもんが、この頼りない若者を自分の手で一人前にしてやろうと思い始めるのは自然の成り行きであった。

やがて矢場の亭主を気取って、彦太郎はおもんの世話になって暮らし始めた。

頼りない若造でも、傍に男がいるとおもんにとっては何かと心強いことも多かったのだが、恰好ばかりつけていても一人前の男にはなれない。

この場合、彼は矢場の女将であるおもんを前に押し出して、自分は裏方に徹するべきであった。

そうするうちに、あの矢場は彦太郎でもっていると評判が立ち、

「旦那」

「親方」

と呼ばれる男になれるのだ。

だが、そこはまだ大人になり切れぬ彦太郎である。歳上であり、生き馬の目を抜く世間を渡ってきたおもんとでは貫禄が違い過ぎる。

それが癪で、すぐにでも男を上げたい彦太郎は、何かと背伸びをしてしまう。

「矢場におかしなのが近寄らねえようにしねえとな」

などと言って、町の顔役と呼ばれる者達との付合いに力を入れ始めた。

そんな連中には自分の方が余ほど顔が利くと思ってみても、はねつけると彦太郎

のやる気を削《そ》ぐであろう。

「あんまり深入りするんじゃあないよ」

と窘《たしな》めつつ、彦太郎の気持ちを買ってやった。

「おれを子供扱いするんじゃあねえよ」

彦太郎とて、盛り場は庭であり、腕っ節は強くなくとも侍崩れはそれなりに一目置かれる。

矢場の亭主に納まったことで、ちょっとはその筋で顔になったと思っている。

だが、おもんからすると、口には出さねど、

「何を粋がっているんだい」

となる。

そしてそれは彦太郎にもわかっているから、さらに背伸びをしたくなる。

彼が今、おもんのために出来るのは、その筋の連中と付合って、店に睨みを利かせることしかないのだ。

おもんにとってはありがた迷惑でしかないものを――。

今日も付合いに出るのに二分の金がいるらしい。

それくらいの金なら出してやれる。

だが明らかに、彦太郎が向いている方向は正しい道ではない。

おもんは、自分が面倒を見ることで、武家の出の彦太郎を、武士以上に立派にしてやろうと心願をかけている。

ほいほいと、情夫の気持ちを繋ぎ止めんとして小遣いを与えるのは本意でない。

「二分だって？」

おもんはけだるい声で言った。

「昨日はあったけど、お前さんに渡しちまったからなくなったよ」

「おい、そりゃあねえだろう」

「ないものはないんだよ。あったところで、お前さんにたかるくだらない奴らに消えていくだけじゃあないか」

「おい、おもん、お前、おれに恥をかかせる気か」

「どうしても拵《こしら》えないといけないなら、あたしが客をとるしかないねえ」

女房に稼がせて人には恰好をつける、そんなどこにでもいるような男になってしまった彦太郎を見ていると、おもんは堪《こら》えられなくなってきた。

「わかったよう、どうせおれは、お前に何も自慢できねえ厄介者だ。あん時おれが拾った猫みてえに、死んじまえばよかったんだよ……」

彦太郎はそう言うと、矢場を出ていってしまった。

おもんは溜息さえ出なかった。

「お前が客をとって二分を拵えやがれ」

そう言ったなら追い出すつもりであった。

首の皮一枚で繋がる仲を、〝犬も食わぬ〟という人もいるが、

――あたしが彦さんをいけなくしているのかもねえ。

おもんは、日々その想いを強くしていた。

八

矢場を出ると、彦太郎に文吉《ぶんきち》がまとわりついてきた。

「生憎《あいにく》だったなあ、今日は一文無しだ……」

彦太郎が吐き捨てて歩き出すと、

「何でえ兄ィ、それじゃあおれ達はどうなるんだよう」

文吉は若いのを二人連れていた。

いずれも裏町を徘徊して、人のおこぼれに与《あずか》りながら暮らす破落戸《ごろつき》である。酒と小銭さえやれば、誰の乾分にでもなる連中で、時に悪人同士を結びつけて、大金を摑むことがあるゆえ、徘徊《はいかい》を止められずにいる。

ほんの僅かでも餌を与えてくれる者に対しては従順で、調子よく立ててくるが、何の得にもならないとわかると、やたら凶暴になって絡んでくる。それが文吉という男である。

このところは景気が悪く、ほどよく飲ませてくれる彦太郎に引っ付いていたのである。

だが、僅かな金も女から引っ張り出せないとなると、今まで引き立ててやってきただけに疎《うと》ましくなる。

「女房がだめなら、他に都合をつけてくれるところくれえあるだろうよ」

お前がどこかで借金してこいと、乾分面《こぶん》がたちまち強請《ゆす》りのそれに変わる。

彦太郎も気位だけは高い、

「何でえその口の利き方は……？　手前らにそこまでして酒を飲まさなきゃあならねえ謂《いわ》れはねえや！」

おもんとの苛々が尾を引いている。文吉相手に啖呵《たんか》を切った。

文吉はニヤリと笑った。すると乾分の一人が、

「銭もねえくせに偉そうな口を利くんじゃあねえや」

と、彦太郎の肩に手をかけた。

「触るんじゃあねえや！」

彦太郎はその手を払いのけたが、

「ああ、痛え、痛え……」

乾分は大袈裟に痛がった。

「おい、彦太郎の兄ィ、お前はどうしておれの若えのを突きやがった」

文吉はここぞと因縁をつけた。

「手を払っただけじゃあねえか……」

「いや、突きやがった。見てみねえ、随分と痛がっているじゃあねえかよう。こうなりゃあ、矢場の女将に話をつけて、薬代を出してもらおうじゃあねえか」

「ふん、くだらねえ因縁つけるのはよしな」

「何がくだらねえだ、この野郎。お前なんかじゃあ話にならねえ。おう、女将さんに話しに行こうぜ」

文吉は乾分二人を引き連れて矢場へと歩き出した。

「待たねえか！」

相手は三人だが、ここでおもんにたかられては、彦太郎も男がすたる。果敢にも立ち塞がった時、

「土橋彦太郎殿でござるかな……」

彼らの間に、二人の初老の武士がゆったりと割って入った。

地味めの羽織袴姿の二人は、水軒三右衛門と松岡大八であった。

彦太郎は〝土橋彦太郎殿〟と呼ばれて怪訝な顔で、

「彦太郎でよろしゅうございますよ……」

仏頂面《ぶっちょうづら》で言った。

昔の自分を知っている者が、また改めて強請りにでも来たのかと思ったのだ。

「やはり左様でござったか」

「土橋先生の御子息で……」

三右衛門と大八は嬉しそうに彦太郎を見た。

「土橋先生……？」

彦太郎も文吉達もきょとんとした表情を浮かべたが、

「ちと御足労《そくろう》願えませぬかな」

「話は道々お話しいたしましょうほどに」

三右衛門と大八は、文吉の相手をしていられないとばかりに、彦太郎を促して歩き出した。

「おいおいちょっと待ちな！　こっちの話がまだすんじゃあいねえんだよう！」

文吉は、三右衛門と大八に食ってかかった。

見る者が見れば、〝只者《ただもの》ではない〟様子の二人も、武芸の素養がない文吉にしてみれば、ただの老いぼれの侍でしかない。強く出て、いくらかになればよいと思ったのだ。

「そっちの用がすんでおらぬだと……？」

「様子を見たところ、金をせびりとろうとしていただけのようであったが」

「おれ達にとっちゃあ大事な用なんだよう」

「彦太郎殿にとっては迷惑な用じゃ」

「この後は、彦太郎殿には近寄るでないぞ」

「なんだとこの老いぼれ……」

無謀にもそんなやり取りの末に突っかかっていった文吉は、気がつけば路地端に倒れていた。

「おい、いってえ何が起きたんだ……」

頭にきて、頬桁《ほおげた》のひとつもはたいてやろうと思ったが、手をあげた刹那、己が体は地面に倒れていて、しばしの間、息も出来ない衝撃を受けていたのだ。

乾分二人もまるで同じで、

「ひ、彦太郎の野郎、とんでもねえ連中と関わっているみてえだぞ……」

連れて行かれた限り、命もなかろうと恐怖に襲われた文吉は、乾分二人と一目散に駆け出した。

九

彦太郎は、夢心地で武芸帖編纂所の門を潜った。

門番は平助が務めていて、これが忠三郎の息子かと、思い入れを込めて頭を下げた。

上野山下から赤坂までは、途中に船を仕立ててやって来た。

自分を迎えに来た編纂方の二人の武士は、水軒三右衛門と松岡大八と名乗ったが、二人共にこの世の者ではないというほどに強かった。

それでいて、まるで恐怖を与えぬ大らかさを備えている。

仙人が天から舞い下りて来たのではないかと思えるほどの二人がゆったりと語るには、十数年前に別れた父が江戸に戻っているという。

しかも父は、土橋流砲術師範となっていて、今は武芸帖編纂所に招かれてここに逗留しているのだ。

頭取・新宮鷹之介は、父・忠三郎の砲術を大いに認め、江戸には生き別れになっている息子がいると聞き、それならば是非自分も会っておきたいと、三右衛門と大八を迎えにやらしたのだそうな。

「親父殿が砲術師範に？　どこか遠くで猟師になったと聞いておりますが……」

彦太郎は父親と言われても、ほとんど顔を覚えていない。

鉄砲磨同心の職を投げうって、鉄砲を撃つ旅に出かけた。その折、母・くめは怒り狂い、共に旅に出ようという父をひたすら詰《なじ》り、自分を連れて実家に帰ってしまった。

風の便りにどこかで猟師をしていると聞いて、

「あのたわけたお人には、鳥や獣を追いかけているのがお似合ですこと」

母のくめは、そんな風に吐き捨てていたが、彦太郎は母が父について喋っているのを聞いたのはその一度きりだったような気がする。

母は自分には、父親のような生き方はしてもらいたくなかったのであろう。

まるで父親については語らず、神官や寺侍《てらざむらい》としてそれなりの地位に就けるようにと、学問をさせた。

父が傍にいれば、そういう面倒で難解な学問などしなくてよかったかもしれない。

口うるさく母親にそれを強制させられることもなかったかもしれない。そして養家の顔色など見なくてもよかったはずだ。

その点では、父を憎んでいた。

母が自分の思い通りにさせるため、自分に父を憎むよう仕向けたきらいもある。子供の頃に刷り込まれた感情は、嫌悪として今も胸の奥にあった。

常日頃なら、迎えが来たとて会いにも行かなかったであろう。

だが、文吉との揉めごとを見事に捌いてくれた二人の武士の登場は、今日の彦太郎にとってはありがたかった。

浮世離れした強さを見せられると、会いたくないとは言えなかった。

水軒三右衛門と松岡大八の言うことに嘘があるとは思えなかったが、武家屋敷街を歩き、立派な役所の門を潜ると、やはり夢を見ているのではないかという気に襲われた。

そして、玄関から通されて、役所の書院に案内されると、そこに自分の父親がいた。

顔も覚えていなかったが、鏡に見る自分とよく似た男が端座《たんざ》しているから、すぐにわかった。

父の傍らには、凜《りん》として美しい若殿がいる。

これが仙人のような二人が道中話してくれた、武芸帖編纂所頭取・新宮鷹之介なのであろう。

武家の出とはいえ、殿様と呼ばれる人と、同じ座敷で向かい合う日がくるとは思ってもみなかったが、これが威徳というものなのであろう。彦太郎は自ずと平伏していた。

それが、中田郡兵衛が描いた絵であった。

土橋忠三郎は、倅・彦太郎が自分を恨んでいるだろうと思い込んでいる。妻のくめが亡くなったとなれば、その早世の原因のひとつが忠三郎にあると、彦太郎は尚さら思っているのではないか。

そういう想いを少しでも和《やわ》らげるのが、忠三郎が妻子と別れて暮らした歳月があったからこそ成し得た名声であろう。

猟師などしながら、鉄砲の技に磨きをかけ、遂に土橋流砲術を父は編み出した。

そしてそれは、公儀の武芸帖編纂所から認められ、その記録に名を止めることになった。

この度の出府は編纂所からの要請で、頭取は忠三郎に鉄砲教授を願い、

「倅殿の苦労を慰めたいと思い、かく来てもろうたのじゃ」

忠三郎の素晴らしい砲術の成果の裏に、妻子の苦難があったと知るに及び、出過ぎたことかもしれないが、父子対面の場を設け、自らも慰労したいと思い立った由を伝えたのだ。

その上で、

「彦太郎、これまで苦労をかけた、この父を許してくれ……」

忠三郎は心から詫びた。

父の目から見ても、息子であるのは一目瞭然であった。

見た目は町の若い衆のようになっているが、父・祖父に繋がる顔付きをしている。

「その一言を言わねばならぬと思いながら、徒《いたず》らに時が経ってしもうた……」

彦太郎は応えに窮したか、しばしもじもじとしていた。

突然このような聞いたこともない役所に連れてこられて、幼い頃に別れたきりの父親と対面したのだ、無理もあるまい。

そして言葉に窮したのは忠三郎も同じであった。

発案者の中田郡兵衛は元より、鷹之介達は一時はぐれてしまった彦太郎も、父が偉大な人になっていれば、安心して心もすぐに開くだろう。そのように考えていた。

しかし、実際はそう容易くことは運ばなかった。

「許すも許さねえも、ございません。別れた時、あたしはまだほんの子供でございましたし、山に捨てられたわけではございません。男のあたしからしますと、親父殿が旅に出るのに付いて行かなかったお袋がいけなかったんだと思っておりました」

やがて口を開いた彦太郎はそう言った。

「いや、お前の母親がわたしに付いて来なんだのはお前を思うてこそ……」

「はい。お袋はあたしのためだと思ったのでしょう。ですからお袋のことも恨んではおりません」

「左様か……」

「親父様も、立派な殿様から認められる鉄砲撃ちにおなりになったのなら、よろしゅうございました」

淡々とした喋り口調ながら、思いの外《ほか》、分別のある彦太郎を見て、忠三郎も臨席する鷹之介も幾分ほっとしたが、

「それで、あたしにどうしろと……？」

「どうしろとは？」

「親父様が偉い鉄砲の先生になったからって、あたしは今さら鉄砲を撃つつもりはありませんよ」

彦太郎が何よりも訊きたかったのは、そこであった。

忠三郎はふっと笑って、

「今さらこの父の跡を継がそうとは思うてはおらぬよ。お前と会い、もし何か困ったことに見舞われているなら手助けをしてやりたい、ただその想いでいただけだ」

「左様でございましたか……」

彦太郎の表情にも安堵が浮かんだ。

「あたしは、親父様が鉄砲磨同心という御役を捨てなすったことをありがたく思うております」

そして、やっとのことで言葉を捻り出し、その後はまた沈黙してしまった。

ているらしい。

彦太郎は、日々鉄砲を磨く御役人になどならなくて本当によかったと、心底思っているらしい。

「それは何よりだ……」

忠三郎はそう応えると、もうかける言葉がなかった。

鷹之介はそれを見てとって、今日のところは一旦、これで別れた方がよかろうと、

「彦太郎殿、やがて土橋先生はまた旅に出られようが、何かあれば、いつでもこの編纂所に新宮鷹之介を訪ねて参られよ。その時は、先生に代わって力になろう」

そのように締め括って、父子の対面を終らせたのであった。

「僅かだが、父が子に小遣いを渡す幸せを、味わわせてくれ」

忠三郎は、編纂所を出る彦太郎に、三両の金を手渡した。

砲術師範となっても、それくらいの金しかやれないのかと思われるかもしれなかったが、彦太郎には受け取り易い額であったようだ。彼はそれを押し戴いて、硬い表情のまま迎えの駕籠も遠慮して編纂所を出た。

「忝うございました」

忠三郎は、鷹之介に深々と頭を下げた。

だが彼の表情も暗かった。

息子は自分の成功を喜んでくれた。あの日同心を捨て別れたことも、むしろくめがいけなかったのだと理解を示してくれた。

大いに面目を施したはずであったが、何やら胸の内に大きな穴が開いたようで、忠三郎は彦太郎の去り行く姿を力なく見つめていた。

十

その翌日。

昼下がりとなって、土橋忠三郎は一人で上野山下の矢場へと出かけた。

昨日は十数年ぶりに息子と再会出来た。

いつか会える。いつか会って男同士の話をしたい。

それを夢見ていたというのにまるでよそよそしいままに終ってしまった。

もっと今の自分をさらけ出し、鉄砲修行中に起こった様々な出来ごとを彦太郎に話してやろうと思ったものを。

しかし、物語の作者・中田軍幹こと郡兵衛は、その辺りのことも見こしていた。

どうせ初対面は、互いに固くなり緊張が走って、なかなか話も弾むまい。それならばいっそ土橋忠三郎を飾り立て、いかめしい中での顔合せとし、彦太郎に父への尊敬と安心を与えるべきである。

そして、少し緊張がほぐれたところで、今度は忠三郎の鉄砲の妙技を見せてやれば、さらに心が開かれるのではなかろうか。

彦太郎は養家をとび出し、町の無頼と交じわっていたが、それだけにその辺りの若い男よりも世の中の厳しさをわかっているはずだ。

目で見てわかる父の凄さは、彦太郎の心を激しく揺さぶるであろう。

新宮鷹之介以下、編纂所と新宮家の面々は、

「さすがは軍幹先生だ……」

それが人の情であろうと納得したが、忠三郎は今ひとつ心を動かされなかった。

確かに流れとしては美しい。だが、彦太郎が見せたよそよそしさが、それで一気になくなるとは思えなかったのだ。

「これもすべては、わたしの不甲斐《ふがい》なさゆえ……」

忠三郎は、妻子を捨ててしまったという引け目を自分の心の中から消し去ろうとして、鷹之介達の智恵に縋ったが、

「思えば、ありのままのわたしを倅に見せて、ぶつからねばならなかったのでしょう。わたしは武芸帖編纂所に砲術師範として認められているのだ、倅としてはそれをありがたいと心得よ。父への非難は認めぬぞ……、彦太郎はわたしにそう言われたような気になったのではござるまいか」

砲術師範が何なのだ。偉くなったとて、お前が妻子を捨て旅に出た事実は変わらぬのだ。子を育てる暇があれば鉄砲に触れていたい。そう思ってこれまで息子に向き合ってこなかったこの十数年の空白が、これくらいのことですぐに埋まると思っているのか――。

彦太郎は、その実、心の内でそう叫んでいたのかもしれない。

何か困ったことがあれば言ってもらいたいと伝えたのも、矢場で厄介になっているような暮らしから一刻も早く足を洗え、こちらでいくらでも手を打ってやるからと、彦太郎は受け止めたのではないか。

忠三郎はそのように思えてきたのだと言う。

「なるほど……。これはしたり、土橋殿の申される通りかもしれませぬな」

郡兵衛は沈黙してしまった。あれこれ考えたとて、編纂所には子を持つ親は一人もいない。肉親の情は物語のようにはいかないのだ。

「うむ、これは我らがはしゃぎ過ぎたようだ。左様でござるな。この次は土橋先生の気のむくままになされるがよい」

鷹之介は苦笑いで言った。

そうして、忠三郎は着流しに太刀を落し差しにしたくだけたなりで山下へと向かったのである。

江戸にいた頃は、それなりに遊んだこともあったが、矢場に入るのは初めてであった。

鉄砲方に仕える者が、小さな弓矢を射るというのも気が引けたからだ。

「これはいらっしゃいまし……」

忠三郎の姿を認めた矢取り女が、抱きつかんばかりに出迎えた。

忠三郎は女に頰笑むと、その手に祝儀を握らせて、

「女将を呼んでくれぬかな」

と頼んだ。

女には忠三郎の人となりが一目でわかるのであろう。

「ちょいとお待ちくださいまし」

店の奥の帳場に腰を下ろして、煙管《キセル》を使っているおもんをすぐに呼んだ。

「そなたが女将か……」

忠三郎は、自分を迎えに出たおもんをにこやかに見た。

「どうぞこちらへ……」

おもんは忠三郎を一目見るや、小座敷へと案内した。

「わたしが誰かわかるのか？」

忠三郎が問うと、

「土橋様でございますね」

「ほう……」

「よく似ておいでてございます」

「彦太郎にかな？」

おもんはにこやかに頷いた。

「ならば話は聞いてくれているようじゃ。倅が世話になっているそうで忝い……」

忠三郎が頭を下げると、おもんは困った表情となり、

「すぐにお酒を……」

と、店の女を呼ぼうとしたが、

「いや、それには及ばぬ。彦太郎と話をしたいのだが、倅はおるかな？」

「それが……」

おもんは口ごもった。

「もしやそなたを手伝いもせず、あ奴は遊び呆けているのでは？」

「いえ……、あたしが出て行けと、追い出したのでございます」

「追い出した？　喧嘩をしたのかな？」

「はい。あたしに子供扱いされたと怒り出して、それで言い争いに……。よくあることなのでございますが……」

「許してやってくれ。それで彦太郎はそなたに酷《ひど》いことを言ったのであろうのう」

「いえ……」

「では手を上げたか？」

「あなた様のことを自慢したのでございます」

おもんはふっと笑った。

「わたしの自慢を……」

「言い返す言葉がなくなって、悔しかったのでしょうねえ。お前はおれを馬鹿にしているが、これでもおれは、御上に認められた砲術師範の息子なんだぞ、と……」

「彦太郎がそんなことを」

「親父はおれのことを忘れちゃあいなかったんだ。だからおれに迎えを寄こして御対面よ。これからは困ったことがあれば何でも言って来るがよい、なんて帰りには小遣いまでくれたよ、こいつはお前にやるから何でも好きな物を買いな……」

彦太郎は、そう言って嬉しそうに忠三郎からもらった金をおもんにそっくり渡したのだという。

「彦太郎が嬉しそうにしていた……？　倅はまったくそんな様子ではなかったが」

「そうでしたか」

「わたしの跡を継ぐ気はないと断りを入れてきよった」

「それは、あたしと別れたくなかったからなのでしょう」

おもんは切ない表情を浮かべて、

「でも、別れないといけないのです。あの人はあたしといると駄目になっちまいます」

身を震わせるように言った。

「なるほど、そうであったか」

忠三郎は胸が熱くなった。

彦太郎は、忠三郎との再会を心の内では喜んでいて、人に自慢をしたかったのだ。

彦太郎がぎこちなかったのは、このままおもんと別れさせられ、武家に戻されるのではないかという恐れを抱いたからに違いない。

彦太郎は、おもんだからこそ父親の自慢をしたのであろうが、おもんにしてみれば、彦太郎の別れた父親が立派になって息子との対面を果した今が、身を引く時だと思ったのだ。

何と健気《けなげ》で愛らしい女ではないか。

「それで、彦太郎が今どこにいるか見当はついているのかのう」

忠三郎は、おもんの肚《はら》が読めて涙ぐみながら言った。

「おそらく、池之端《いけのはた》の居酒屋でございましょう」

おもんも声を詰まらせた。

何かあると、彦太郎はその酒場で飲んだくれて、そのまま入れ込みで寝ているらしい。

何度となくそこへ迎えに行ったことのあるおもんであったが、今度という今度は何があっても行かぬと決めていた。

居処《いどころ》がわかっているのなら放っておけばよい。

「おもん殿……」

「はい……」

「わたしに、弓を教えてくれぬかな」

「土橋先生に……」

「わたしは鉄砲なら的は外さぬが、弓矢はどうも不得手でのう」

おもんは、まじまじと忠三郎の顔を見つめた。

彦太郎の父親は、この店に息子を連れ戻しに来たのではなかった。ただ素直な想いで倅を訪ね、その女房に会いに来たのだ。

だからといって、この砲術師範に矢場の女として生きてきた自分が、どうして嫁と認めてもらえようか。

土橋忠三郎が好い人だけに、身を引かねばならぬと思っているのに、忠三郎は彦太郎をすぐに迎えに行こうともせず、矢場で矢を射たいと言う。

「それでは頼みますよ……」

忠三郎は、おもんの困惑にはお構いなしに、矢場へと出て行った。

おもんは、矢取り女が寄って来るのを制して、自ら忠三郎に向かい合い、矢を弓につがえた。

「ほう、そなたは右手に弓を持ち、矢をつがえてくれるのか。これは妙技じゃな」

「まずは思いのままにどうぞ……」

「心得た」

忠三郎は無邪気に弓矢を取り、何度か射たがなかなか的に当らない。

「う〜む、これはいかぬ……」

鉄砲では百発百中だけに、忠三郎は子供のように悔しがった。

その顔が実にまた彦太郎に似ていて、おもんの胸の内は次第にほのぼのとしてきた。

「よし、次は手を添えてみてくれぬか。何としても射抜いてやる」

「はい」

おもんは元気よく応えて、忠三郎に手を添えた。

忠三郎は、弓を挟んで伏目がちに向かい合うおもんの顔を見つめながら、

「おもん、と呼ばせてもらうよ」

「はい……」

「わたしはねえ、おもん、鉄砲を撃ちたくて堪らなくなって、女房子供のことなどお構いなく、同心の家を捨てて旅に出た男なのだよ。今では砲術師範などと言っているが、これは御役人がそう呼んでくれているだけで、猟師に毛の生えたようなものじゃ。何ひとつ気遣うことなどいらぬゆえ、彦太郎と添い遂げてやってくれぬかな」

「そんな……」

おもんの双眸《そうぼう》にたちまち涙が溢れてきた。

「泣かぬでくれ。おもんの手許が狂えば的に当らぬ。今は首を縦に振っておくれ」

おもんは、しばし黙りこくったがやがて涙を堪えて大きく頷いた。

「うむ、それでよし！　いざ！」

おもんの介添をもって放たれた矢は、見事に的の真ん中を射抜いた。

「大当り！」

すると、矢取り女が後ろで大きな声をあげた。

「十本共、大当りですよう！　お客さん、大したもんですねえ！」

どうやら後ろの客は百発百中らしい。

せっかくの大当りがかすんでしまったではないかと、少し悔しげに振り返ると、

「先生！　弓矢の腕はわたしの方が上ですねえ」

そこには、爽やかに笑う新宮鷹之介の顔があった。

「頭取……、来ていたのですか……」

「はい、頭取としては先生の身をお守りいたさねばならぬゆえ」

鷹之介は、何ごとが起こったかとただただ目を丸くするおもんを尻目に、

「まず、倅殿をここへ連れ帰りませぬとな」

そう言うと、矢取り女に池之端の居酒屋へと案内させて、二人で外へ飛び出し

た。

おかしな連中が彦太郎を取り巻いていたら、そ奴らを叩き伏せて連れ帰らねばなるまい。

鷹之介はその露払いに来たのである。

「ここでございます……」

やがて案内の矢取り女が指し示した居酒屋は、矢場からほど近かった。

縄暖簾を潜ると、意外や彦太郎は一人で静かに飲んでいた。

「おい彦太郎、こんなところで飲んでいて何とする」

忠三郎は隣に腰かけると、ぽんと息子の肩を叩いた。

「ま、まさか親父殿が……」

彦太郎は、酔いも冷めた様子で突如現れた父親を見ていたが、

「さあ、山下へ帰るぞ。何、心配はいらぬ。今、おもんにはわたしの方から上手く話しておいた。好い女房だが、尻に敷かれるのは覚悟しておけ。案ずるな、父が付いておる」

たたみかけるように言われて、泣きそうな顔で頷いた。その表情は十五年前に別

れた時のあどけなさと同じであった。

――血を分けた父子の間に、余計な気遣いなどいらなかったのだ。

二人の様子に目を細めつつ、鷹之介はまたひとつ悟ったのであった。

第四章　鉄砲名人

一

「彦太郎というのは……？」

「山下の矢場で亭主に納まっている若造でございます」

「その若造が、元は武家だったたってえのか」

「へい。まず武家といっても、三十俵ばかりの同心ですが」

「ほう……」

「おまけに、奴がまだガキの頃に、親父が務めに嫌気がさして、浪人になっちまったそうですから、まともな武士とは言えませんがねえ」

「浪人の倅がぐれて盛り場をうろつくうちに、矢場の女将と懇《ねんご》ろになって、亭主に納まったってところか」

「さして珍しい話じゃあありませんが、おもしれえのは、この彦太郎の親父の方でございます」

「何がおもしれえんだ？」

「それが、あれこれ理由があって、別れて暮らしていたのが、十五年ばかりたって、ひょっこりと帰って来たら……」

「とんだ悪党になっていやがったか」

「いえ、立派な先生になっていたとか」

「先生だと？」

「砲術師範だそうで」

「てことは、鉄砲の名人になったってことだな」

「三十間《けん》先の的を外さねえ、凄腕だそうですぜ」

「確かな話なのかい」

「何でも、その筋の役所の殿様から認められたってえますから、間違いはねえと思われますが」

「なるほど、こいつはおもしれえや。で、倅の彦太郎との仲はどうだ」

「彦太郎は父親を憎んでいたそうですが、そこは血を分けた父子ですねえ。偉くなった親父から、苦労をかけたなどと言われりゃあ、もういけませんや。一時は方々で親父の自慢をしていたとか申しやす」

「矢場の女将との仲はどうなんでえ」

「倅が世話になったと礼を言って、女将の方もそれが嬉しくて、仲睦《むつ》まじい親父と倅夫婦ってところでさあ」

「そうか、こいつはますますおもしれえ」

「どういたしやしょう」

「この先も、彦太郎とは好い付合いをしておくがいいや。ふふふ……」

二

土橋忠三郎は、先だって新宮鷹之介が収めた長田村での騒動の顚末を、自らの口で告げるために出府したが、それと同時に念願であった倅・彦太郎との再会も、この上もなく好い形で果せた。

鷹之介は、父と息子の新たな前途を祝福する意味でも、彦太郎と矢場の女将であるおもんを武芸帖編纂所にそっと招いた。

そして、忠三郎の前で夫婦としての誓いを立てさせ、いよいよ忠三郎の鉄砲の腕前を披露したのであった。

寸分の狂いもなく的を撃ち抜く忠三郎の腕前と、巧みに鉄砲に弾を込めて手入れを怠らぬ姿をまのあたりにして、彦太郎は改めて父の生き方を認めたものだ。

宮仕えを捨て、自ら浪人の道を選んだ忠三郎に、何ゆえ母・くめは付き従わなかったのであろうか。

猟師の跡継ぎとなり、野山を駆け廻り鉄砲をもって害獣を撃ち払う自分を思い浮かべると、母の実家で窮屈な想いをして暮らすよりよかったかもしれない。

自分を慈しんでくれた母には申し訳ないが、そんな想いにもさせられる。

だが、別れて暮らした十五年の間に、自分もまた得たものがある。

それはおもんという女の愛情であった。

上手く口では言い表せないが、彦太郎はそれを大事にしたかった。

忠三郎には息子の気持ちが手にとるようにわかっていた。

「彦太郎、お前達夫婦に山へ来てわたしの許で暮らせとは言わぬ。お前はお前の生き方を見つけて、おもんを守ってやるがよい」

彼は彦太郎にそのように告げた。

するとおもんは、

「あたしは明日の日にでも矢場を出て、彦さんに付いて行きとうございます」

と力強く応えたのである。

その三人の話を聞いて、鷹之介は次なるお節介《せっかい》を考えていた。

とにかく彦太郎に、何か職を与えてやりさえすれば、彼にはしっかり者の女房が付いているのだからどうにでもなろう。

そしてその構想は、おぼろげながら既に頭の内にあった。

だが今はお節介の前に、倅夫婦に何か役に立ってやりたいと思っている忠三郎への餞《はなむけ》として、

「ならば、いよいよ、土橋流砲術を武芸帖として書き留めることといたしましょう

ぞ」

彦太郎とおもんが一旦山下へ戻ると、鷹之介はこれを勧めた。

一口で言ってしまうと、土橋流砲術の極意は、

「鉄砲の上達はただ撃つのみ」

ただそれだけなのだが、他の武芸帖を参考にして、忠三郎の思いつくことを、中田郡兵衛がまとめれば、それらしい物が出来るであろう。

しかし、忠三郎はありがたいことではあるが、

「わたしはまだ、砲術師範と呼ばれるようなことは何ひとつしていない、ただの猟師でござりまする。どうも気が引けてなりませぬ……」

とここへきて二の足を踏んだ。

既に彦太郎は父親が砲術の師範なのだと、外で口にしているようであるから、巻物のひとつもないと恰好がつくまい。

門人がいるわけではないが、新宮鷹之介、原口鉄太郎は、

「弟子としての礼をとらせていただきとうござる」

と、申し出ている。

「ただ撃つのみ」

が極意であるから、鷹之介も鉄太郎も最早術の神髄に触れているのだ。そういう意味においては十分弟子と称してもおかしくはない。

しかも武芸帖編纂所頭取が、武芸帖として記すことを推奨しているのだ。堂々とこの栄誉を受ければよいのだ。

しかし彼は、かつて出仕していた鉄砲方田付組の長・田付四郎兵衛《しろべえ》が気になるらしい。

四郎兵衛は代々の砲術師範であり、鉄砲磨方にいた自分が致仕して猟師となり、砲術の流派まで名乗るのは真におこがましいと思っている。

しかし、公儀鉄砲方の役儀にも、猪や狼の駆除は含まれている。

猟師とて卑下《ひげ》することもないし、誰から禄を食《は》んでいるわけではない。

浪人剣客が、剣術指南で一武芸者として方便《たつき》を立てているのと同じではないか。

「まったく土橋先生は奥ゆかしゅうござるな」

話を聞いた水軒三右衛門は、冷やかすように言ったものだが、何の実績もあげぬというのに一流を創設するのは、これが公式なものであるだけに気が引ける。そういう忠三郎の無欲さに心打たれていた。

「うむ！　よいことを思いついた」

鷹之介は不意に膝を打った。彼は若年寄・京極周防守に日光出張の報告の後、鉄砲の取り扱いについて指図を仰ぎに再び参上したのだが、その折に、

「近々、鉄砲方の田付組に砲術師範を集めて、鉄砲の腕を競わせる試みがある。これぞという者がいたならば、編纂所の推挙として出せばよい」

と告げられていた。

今思えば、その土橋忠三郎という凄腕の猟師も、鷹之介が認めるならば、鉄砲の撃ち競べに出してやればよいという意味を含んでいたのだ。

鷹之介はその意を忠三郎に告げて、

「かくなる上は、その場で鉄砲を撃って、田付組の衆に土橋流砲術の腕を見せつけてさしあげればよろしかろう」

と、力を込めて持ちかけた。

「わたしが田付組の撃ち競べに……」

忠三郎はたちまち奮い立った。

思えば鉄砲磨方にいた頃、忠三郎は磨くのではなく撃つ仕事をしたいと思い、何度も役替えを願ったが聞き入れてもらえなかった。

今さらそれを恨むつもりはないが、せめて男として、

「あの日お前に鉄砲を撃たさなかったのは、我らの誤りであった」

そのように思わせてやりたい。男の意地がむらむらと湧いてきた。

「何卒よしなにお願い申し上げまする……」

忠三郎は神妙な面持ちで鷹之介を見た。

競技会に出て、それを何よりの思い出のひとつに加えて、土橋流砲術の始まりとしたい。

忠三郎はそのように決意したのだ。

三

田付組での大会は、五月一日と決まっていた。

あと半月の間、江戸に逗留することになった土橋忠三郎であった。

射撃大会の結果次第では、このまま江戸で砲術家としての新たな暮らしが待っているかもしれないと、新宮鷹之介に冷やかされたが、忠三郎は一人で長田村に戻る意思に変わりはなかった。

自分に鉄砲を開眼させてくれた村への恩返しはまだ終っていないと彼は心得ていたのである。

となれば、大会までの間にしておきたいことはあれこれあった。

まず、息子・彦太郎の将来を確めておきたい。

これに関しては、既に鷹之介が、松岡大八と諮《はか》って絵を描いていた。

大八のかつての弟子で、今は四谷で書店を営む桑原千蔵《くわはらせんぞう》は、まだ開いて一年も経たぬというのに店を大いに繁栄させていた。

武家の出ながらも俠気《おとこぎ》に溢れ、何ごとにつけてもおかしみのある千蔵は、そもそもが商才に長《た》けていたのだ。

店を出すにあたって、鷹之介は大八の顔を立てて、十両ばかりの資金を千蔵に融通したものだが、千蔵はすぐにこれを返却して、尚、近くにもう一軒、主に絵草紙などを取り扱う店を開きたいと相談しに来ていた。

その一軒を、彦太郎に任せてはどうかと鷹之介は考えていたのだ。

おもんは、彦太郎がやる気になれば、いつでも山下の矢場はたたんで付いていくと、その時がくるのを待っていた。

そこで、大八を通じて千蔵を呼び出し、そっと彦太郎の意思を確かめた上で、二人を引き合わせたところ、

「頭取のお声がかりとなれば、こちらからお願いしたいくらいでございます」

と、歓迎した。

彦太郎もまた、一時は神官になるかしかるべき寺に武士として従事するかという、母・くめの願いによって、学問を修めていた。

書店を開くには十分な素養があるし、口には出さねどおもんというしっかりした女房が傍にいるとなれば、絵草紙屋はすぐに繁栄するであろう。

千蔵は打診を受けるや確信したし、彦太郎もこの話には、

「頼ってばかりで真に厚かましゅうございますが、おもんと二人で身を粉《こ》にしてみとうございます」

と、大喜びで願ったのである。

いずれは父・忠三郎も体が衰え猟師としては、やっていけぬ日がくるであろう。その時はいつでも戻ってこられる場を、そこに築いておきたいと言うのだ。話はとんとん拍子に進んで、あとは千蔵が店をどこに調達するかを待つだけとなった。

忠三郎にも、もちろん異議はない。

まさか自分の江戸逗留中に、息子の将来が見通せるとは思いもかけず、また、自分の隠居所を江戸に拵《こしら》えておくという、倅の想いが嬉しかった。

こうなれば、江戸での残された日々は、彦太郎と少しでも長く一緒にいたい。彼はひとまず武芸帖編纂所を出て、矢場の住まいに逗留することにしたのであった。

今のおもんには身寄りがない。

彼女は苦界《くがい》に生きた自分を嫁と認めてくれた忠三郎を親と慕い、甲斐甲斐《かいがい》しく世話をしたものだ。

御家人《ごけにん》の務めを捨て、家を捨て、妻子に見放されて江戸を出た忠三郎である。

これまで一度も戻ったことがなく、何より気になったのが妻の墓所であった。

「お前達二人と参っておきたい」

おもんと彦太郎の住まいに入るや、それを願った。

「それはいい。お袋殿も喜びましょう」

彦太郎も喜んで、忠三郎とおもんをくめの墓所に案内した。まだ行ったことのなかったおもんも、いよいよ嫁になる実感を覚えて、その日は朝からそわそわとした。

忠三郎は驚いた。

彦太郎が案内してくれたのは、意外や小石川にある土橋家の菩提寺《ぼだいじ》であった。

「まさか、これはお前が……」

忠三郎は胸を熱くした。

というのも、くめの実家は神官であり、この場合、彼女は奥都城《おくつき》と呼ばれるところに入ることになる。

神道では人の死を穢《けが》れとするゆえ、神社に墓地はない。

くめが亡くなった時、奥都城をどうするか話し合われたが、彦太郎は強引に母の魂を土橋家の菩提寺へと葬ったのだ。

それは、彦太郎の土橋家への郷愁と、養家との不和がそうさせたのだが、その頃

の彦太郎は二十歳にもならぬ少年で、

「今思えば、よくそんなことができたと、首を傾げるばかりですよ」

と、彼は述懐した。

母の死の衝撃、ぐれてしまった少年の無軌道、大人達への反発……。

それらが相俟《あいま》って、彦太郎は亡母の骸《むくろ》を養家から運び出し、寺へと駆け込んだのだ。

寺も彦太郎を不憫に思ったのであろう。色々智恵を授け、くめの墓所を確保してくれたのである。

何かに取り憑かれていたのかもしれない。

その辺りの記憶は、今ではまったく彦太郎の頭の中から消えてしまっているという。

「ほんに苦労をかけた……」

そのような大変な時に、父である自分はどこにいるか知れなかったのだ。

くめが望んだこととはいえ、彦太郎の気持ちを察すると、忠三郎は泣けてきて仕方がなかった。

忠三郎は、世話になった寺の住持《じゆうじ》に今までの無沙汰を詫びて、ここでも身を飾ることなくありのままを告げた。

「土橋流砲術師範として、新たな功を成し遂げて、また見参仕《つかまつ》りまする」

新宮鷹之介が自分に付けてくれた、武芸者としての値打ちは、このような時に物を言う。

「よう励みなされましたな……」

住持はあれこれ苦労を経て、今またひとつになった父子とその妻の絆を、大いに称えてくれた。

「くめ、お前に会えぬまま別れてしもうたのは、わたしの不覚。どうか許してくれ……。彦太郎は、お前の望み通りの道を歩まなんだやもしれぬが、しっかりとした妻に恵まれ、これからが楽しみじゃぞ」

亡妻の墓標に手を合わせ、先祖に詫びると、忠三郎の心も晴れた。

それは彦太郎とおもんも同じであったが、彦太郎はぐれてよからぬ連中とつるみ、矢場でおもんの世話になってからも、〝矢場の旦那〟と粋がった自分が堪らなく恥ずかしかった。

それゆえこうして墓前に手を合わせると、その報いが父と女房を含めて、いつか降りかかってくるのではないかと、不安に襲われてならなかった。

四

彦太郎が覚えた不安を、本人以上に感じていたのは、編纂方の水軒三右衛門と松岡大八であった。

二人は彦太郎を初めて迎えに行った時、彦太郎に付きまとう文吉なる遊び人を、少しばかり痛い目に遭わせてやった。

そもそも火付盗賊改方の手先を務める儀兵衛は、彦太郎がよからぬ連中と付合っていると、新宮鷹之介に報せていた。

それが、矢場へと出かけてみれば、いきなり文吉に絡まれているではないか。

二人は超人的な強さをもって破落戸《ごろつき》達を一蹴《いっしゅう》し、彦太郎を編纂所に連れてきて、土橋忠三郎との父子の対面を成立させた。

それからの父子の絆の深まりは述べるまでもないが、三右衛門と大八は、その後の文吉の報復を予想して、儀兵衛を使って動向を探らせておいた。

すると、文吉は三右衛門と大八の人間離れした強さに恐れ慄《おのの》き、

「彦太郎には二度と関わらねえ……」

と、矢場の近くにも寄り付かなくなったという。

それはよかったと一安心した二人であったが、彦太郎は疎遠になっていた父が自分を忘れておらず、一廉《ひとかど》の武芸者となって会いに来てくれたことが嬉しくて、

「親父と十何年かぶりに会ってみたら、名のある砲術師範になっていて驚いちまったよ。おれも今のままじゃあいけねえや……」

などと言って方々で自慢しているらしい。

おもんに食わせてもらっているという引けめに加えて、父との実のある再会、己がやる気とが交じり合い、人に何か話さねばいられなくなったのであろう。

真に無邪気なものだが、それにつられて、幸せのおこぼれに与《あずか》ろうと、文吉のような連中が、新たにたかってきたようだ。

そ奴らに対し彦太郎は、

「おいおい、これでもおれは砲術師範の倅なんだぜ、そういうたかりのような真似

はしねえ方が好いってものさ」

やんわりと金の無心を断ったので、それ以上は寄ってこない者がほとんどであったが、無理押ししてくる輩《やから》もいた。

ところがこのような連中もまた、

「彦さんはやっと親父さんに会えて、少しはまっとうに暮らそうと思っているところだ。小遣い稼ぎなど企んでいるならよしにしねえ」

と、助け舟を出してくれる者によって、姿を消した。

助け舟を出してくれたのは鶴亀《つるかめ》の芳助《よしすけ》という博奕《ばくち》打ちであった。

彼も幼い頃に母を亡くし、父親とは生き別れたままになっているというから、彦太郎の父子の再会には心を動かされたのかもしれない。

芳助は方々に顔が利き、喧嘩の強さも知れ渡っている。けちな小遣い稼ぎもしないので、彦太郎は、

「鶴亀の親分……」

と頼りにしてきたのである。

盛り場の矢場には、無法者がたかってくるものだ。

おもんは処《ところ》の御用聞きに適宜《てきぎ》付け届けをしているが、

「それだけじゃあ、いざって時は頼りになりゃあしねえよ」

彦太郎は聞いた風な口を利いて、その筋に顔が利く者と付合ってきたのだが、ここにきて芳助が動いてくれたのはありがたかった。

とはいえ芳助が追い払ってくれた連中もまた、彦太郎がいざという時のためにと付合っていた者達であった。

「おれの考えが間違っていたよ……」

彦太郎はおもんに詫びると、

「まったくおれはいけねえや。とどのつまり、奴らと同じだ。ひとつ違うのは、お前という頼りになる女房がいたことだな」

これからは心を入れ換えると誓いを立てているそうな。

矢場はそのうちにたたんで、夫婦二人で小さな絵草紙屋を営んでいくつもりの彦太郎である。

これからは自ずと今までのような暮らしを改められる。

父親自慢は大目に見てもらいたいと言っておもんを笑わせているという。

三右衛門と大八は、それを聞いて改めて儀兵衛の調べは実にきめ細かに行き届いていると感心したが、

「あっしが見たところでは、鶴亀の芳助ってえのは油断がなりませんぜ」

儀兵衛はそのように付け加えた。

人当りがよく、非道をしない男だという評判が立っているが、決してそんなことはないはずだと、儀兵衛は当りをつけているらしい。

そもそも町の顔役や、その筋に通じている者などというのはろくな人間ではないのだ。

男伊達を売りにしている者ほど、裏で何をしているかしれぬ――。

まずはそう考えるべきだと儀兵衛は言う。

上野山下の遊び人達の情勢には、詳しくなかった儀兵衛であるが、芳助の周辺を探ってみて、初めて見えてきた事実もある。

「そこんところは、あっしらの商売にとっちゃあ、ありがてえ話でございます」

名は明かさなかったが、芳助は今儀兵衛が御用を務める火付盗賊改方が目を付けている悪党との付合いがあるらしい。

芳助が矢場にたかる破落戸を払いのけてくれたからといって、まったく気を許してはいけない。

それが儀兵衛の下した結論であった。

三右衛門と大八は、鷹之介と諮って、桑原千蔵が新たに絵草紙屋を開き、これを彦太郎とおもんに任せるまでの間、時に矢場に顔を出すようにした。

土橋忠三郎は今、倅夫婦との絆を深めるための一時を過ごしているのだ。

忠三郎が田付組の大会に出て、やがて長田村へ帰るまでの間は、彼ら三人の平穏を乱してやりたくはなかったのである。

五

倅夫婦と暮らしてからの日々は、土橋忠三郎にとって、

「真に夢を見ているような」

そんな心地よい一時であった。

つい先日までは話したこともなかった、大人になった倅とその嫁と、笑い合いな

がら一つ屋根の下に暮らしているのだから当然である。

山の中にぽつりと建つ山小屋にいて、朝から鳥獣を狙い追い詰める毎日が嘘のようであった。

田付組での鉄砲の撃ち競べの日までは、何日も残っていない。

大会の直前は、武芸帖編纂所に戻り、鉄砲の感触を確かめておきたい。

となると倅夫婦の許で暮らすことが出来るのもあと三日ほどだ。

とはいえ、くめの墓参をすませると、とり立てて三人ですることもなく、夕餉を共にして主に忠三郎の猟師としての暮らしで得た知識を語るばかりとなった。

おもんは世話女房であるから、父と子の会話に割って入ることもなかったし、父子二人で料理屋へ行かせたり、彦太郎の案内で江戸見物をしてもらったりと、出来るだけ父子の一時を拵えてあげるようにした。

同時におもんは、矢場を人に譲る段取りを組まねばならなかった。

それで儲けようなどとは思っていない。

矢取り女には店に借金があるが、この際それを僅かな額なら帳消しに、残額が多ければ新たな女将に半額だけもらって、店を出ようと考えていた。

今まで貯めた金子もある。

しかしこれで絵草紙屋を買い取るつもりはない。

自分はあくまでも桑原千蔵に雇われて店を切り盛りする彦太郎の手助けをするだけで、金は何かあった時のためにとっておくつもりであった。

「そのうち店が繁盛すれば、お前さん達のものにしてくれたら好い」

千蔵はそう言ってくれている。

おもんは矢場の引き取り手を、己が目で吟味して譲るべく、方々忙しく動いた。

その日も矢場を引き取りたいという、昔馴染の矢取り女と会うべく、おもんは出かけた。

忠三郎と彦太郎は、その間近くの料理屋で酒を酌み交わしていた。

忠三郎は長田村での日々を語り、彦太郎は絵草紙屋をいかに繁盛させるか意気込みを語り、男同士の宴を楽しんだのである。

だが千鳥足で矢場に戻るとおもんはまだ帰っていなかった。

夕方には戻るはずが、もうすっかり夜となっているので、

「出かける時は何か言っていなかったかい？」

と、おもんが留守を預けたおふじに訊ねてみると、

「いえ、取り立てて何も……」

とのこと。

「その辺りまで見てくるとしよう。すまないが、もうちょっとの間、店を廻していておくれ」

彦太郎はおふじに指示を与えて外へと出てみた。

この数日で、おふじ達店の女達は、彦太郎がてきぱきと矢場で働くのを見て、

「矢場の厄介者」

というこれまでの認識を改めていた。

矢場を出る段になって、〝旦那〟と慕われたとて仕方がない――。

彦太郎は苦笑いを禁じ得なかったが、もう少し矢取り女達の面倒を見てやってもよかったと悔いていた。

近くをうろうろとしてみたが、おもんらしき人影は見えなかった。

辺りは次第に暮れてきた。

下谷の御成街道に出たところで、不意に肩を叩く者があった。

「これは鶴亀の親分……」

振り向くとそこに鶴亀の芳助がいた。

「やっぱり彦さんか、こいつはちょうどよかった。お前にちょいと頼みてえことがあってなあ」

芳助はにこやかに言った。

「この前は何かと世話になったから、何でも言っておくれな」

彦太郎が力強く応えると、

「そいつはありがてえ。実はお前に会いてえって人がいてねえ」

「おれに会いてえって人が？　いってえ誰なんだい？」

「それがおれもよくわからねえんだ。世話になっている人から頼まれたんだが、とにかく大事な話なので、その場で伝えると言われちまってよう」

「そいつは妙な話だねえ」

「つまりは、この鶴亀の芳助なんぞには教えたくないってことのようだ」

「いってえ何だろう」

「すまねえなあ、面倒な話でよう。お前をとって食おうって人じゃあねえのは確かだ。おれの顔を立てると思ってよう。会うだけで好いんだ。嫌な話なら断ってくれたっていっこうに構わねえ。そん時ゃあ、おれがきっちりと始末をつけさせてもらうから、よろしく頼むよ」

頭を下げられると断りも出来なかった。

人に借りを作るとこうなるものだ。しかも芳助は渡世人であるから、口に出せない名もあるのだろう。

彦太郎にとっては厄介な話だが、そういう芳助だからこそ、自分にたかって来た連中を容易く追い払えるのだから仕方がない。

――おれも男だ、つべこべ言わずに義理を果すしかねえな。

彦太郎には真に危なっかしい侠気がある。思えば二十歳を少し超えたくらいの若者であるから、それもおかしなことではあるまい。

芳助とはそれから少しばかり立ち話をして別れた。

今日のうちに会ってもらいたい。

神田川の落ち口にある船着場へ行けばわかると芳助は言った。

今から行けば、ちょうど彦太郎に会いたいという相手を乗せた船が船着場に着く頃であるらしい。

——そんなら早いとこすませよう。

おもんのことも気にかかるが、自分よりしっかりしている女房を案じたとて仕方があるまい。

船着場は、和泉《いずみ》橋の東側にある〝佐久間《さくま》〟という料理屋のものであるらしい。場所はすぐにわかった。

小体《こてい》だが松に囲まれた風情のある船着場であった。腰をかける床几《しょうぎ》も置いてある。

そこへ腰をかけるまでもなく、彦太郎を待ち構えていたかのように、船着場に一艘の屋根船が着けられた。

船には御簾《みす》が下りていて、中が見えなかった。

「彦太郎さんだね」

いつしか背後に男の影があった。

菅笠《すげがさ》を目深に被った船頭風で、顔はよく見えないが、声の響きは只者《ただもの》ではないほどに、どすが利いていた。

「へい。芳助さんから言われて参りやしたが、ここでよろしゅうございましたか?」

辺りには誰もいない。

彦太郎が、やや気後れして言葉を返すと、男はそれには応えずに、

「お前さんに頼みたいのは、親父さんへの取次だ」

「親父殿への? いってえ何を取次げと……」

「このようなことになっているから、倅の頼みを聞いてもらいたいと、頼んでさえくれたら好い」

男がそう言うと、船の御簾が上がった。

その刹那、彦太郎は低く唸った。

「お、おもん……」

屋根船にはおもんが乗っていた。彼女の両脇には覆面の武士がいて、右側の一人が彦太郎に見せつけるように、脇差の抜身をおもんの首に当てている。

「な、何をしやがる……」

叫び出しそうになった彦太郎に、

「騒ぐんじゃあねえや……」

菅笠の男はすかさず言った。

おもんは何か言いたそうにしていたが、声をあげる間もなく、再び船の御簾が下ろされた。

「親父さんに頼むんだ。このようなことになっているから、明朝六つ（午前六時）に、今戸《いまど》の〝みさわ〟という窯場《かまば》の裏手に一人で来てくれとな……」

裏手の川岸が船着場になっていて、そこに迎えの船を遣るから、それに乗り込むよう伝えろと男は言った。

「親父殿をどうする気だ」

彦太郎は悲壮な声で問うたが、

「心配するな。こっちの頼みを聞いてさえくれたら、親父さんもお前の女房も返してやるよ。礼金も付けてな……」

男は不気味に笑った。

「だが、役人に報せたり、味な真似をしたら、お前の恋女房の首は胴に付いちゃあいねえぜ。わかったな……」

「手前、汚ねえぞ……」

「わかったな!」

「……わかったよ……」

彦太郎は、がっくりと頷いた。

その途端、おもんを乗せた船は岸を離れた。

「ま、待て、待ってくれ……」

彦太郎は船着場に駆け寄ったが、船は黒い水面の上をすべるように、彦太郎の前から消えていった。

振り向くと菅笠の男の姿も、どこにもなかったのである。

六

翌日の昼下がり、水軒三右衛門と松岡大八は、着流しに脇差のみを腰に帯びたくだけた姿で、山下の矢場を訪ねた。

この時期に彦太郎にたかる不埒者《ふらちもの》はおらぬか、ちょっとした見廻りを兼ねて遊びに来たのである。

彦太郎の心配をしつつ、この初老の武芸者二人は、

「矢場で弓を射たら、おれの方がお前よりも上手いはずだ……」

互いにこの言葉を口にして、子供のように言い争いになっていた。

そんなわけで、決着をつけてやるとはしゃいでいたのだが、店に入るや二人の遊び気分は消え失せた。

店にはおもんの姿がなく、

「まずしばらくの間は、陰へ廻っておもんの仕事を助けたいと思っております」

と言っていた彦太郎が、硬い表情で店の中で、客の相手をしていた。

会えば人なつっこい笑顔を見せるのだが、

「いらっしゃいまし……」

二人を見て笑顔を取り繕ったが、どこかよそよそしいのだ。

元より三右衛門と大八もそっと常連の物持ちの浪人風となって射的をするつもりだったので、

「遊ばせてもらうよ」

「今日はこのおやじと決着をつけねばならんのだ」

と、言った上で、

「今日は女将はおらぬのか？」

三右衛門が訊ねた。

「へい、店のことでちょいと用を足しに出ておりまして、頼りねえあたしが番をしているのでございます」

彦太郎は如才《じょさい》なく応えたが、三右衛門と大八は、

「先生方がお越しくださるとは嬉しゅうございます。頭取の殿様はお変わりございませんか……」

このような返事を予想していただけに、何かあると思われた。

先日、編纂所に土橋忠三郎を訪ねて来て、その鉄砲の凄腕を間近に見て感動した彦太郎とおもんであった。

その折は夫婦揃って、忠三郎と同じような年恰好で親しみの持てる三右衛門と大八に、

「今度は両先生でお越しくださいまし」

「お二人なら、的を外されないのでしょうねえ……」

矢場へ遊びに来てくれるようにと願ったものだ。

それから考えると真におかしい。

「時に、自慢の親父殿は息災《そくさい》かのう。一度会うてみたいものじゃ」

大八が忠三郎の話題に水を向けると、

「生憎その親父も、昔馴染に会いに行くとかで、出払っておりまして……」

彦太郎は、この度もまた如才ない応えようをした。

その時、店で矢を射ていた男が、ちらりと彦太郎の方を見たような気がした。

三右衛門と大八は互いに目で合図を送り合い、

「よし、それならば弓矢競べと参るぞ」

「望むところだ」

二人は彦太郎には何も声をかけず、射的の腕を競い始めた。

おもんはともかく、忠三郎が昔馴染に会いに行っているというのはどういうわけであろうか。

何か異変があるのならば、自分達にまず告げればよいものを、それを押し殺しているのは、いかなることか――。

いずれにせよ彦太郎は様子がおかしい。

この場は下手に動かず、彦太郎に歩調を合わせるべきではないだろうか。

三右衛門と大八は、武者修行の最中人の恨みを買い、待ち伏せや不意討ちをされた経験がある。

そこで培われてきた危機に対する感覚は鋭く研ぎ澄まされている。

二人は早速弓を射たが、下手の横好きを演じて、端《はな》から勝負を捨てた。

とことん決着をつけるのは止め、十本を射て半分命中の痛み分けとして、

「この次は覚悟しておけよ」

「そちらこそ覚悟しろ」

と、言い争いながらすぐに店を出たのである。

二人は先日、彦太郎を迎えに矢場の近くまで来ていたが、今日は装いもまったく替えていたゆえ、身分が露見することもあるまい。

あの折は店に入っていなかったので、矢取り女達も三右衛門と大八が何者かは知

らない。それは幸いであったと胸を撫で下ろして、

「大八、これは土橋殿とおもんの身に何かあったと見るべきじゃのう」

「いかにも。彦太郎は我らに何か訴えたかったが、人目を気にして言えなんだのに違いない」

「ああ、おれもそう見た。その人目とは……」

「店にいたあの客が怪しいのう」

こうなると、そこから二人の打つ手は早かった。

三右衛門は武芸帖編纂所へと取って返し、大八はそのまま矢場の様子を窺ったのである。

三右衛門は一刻《いっとき》もかからぬうちに赤坂丹後坂へと戻り、新宮鷹之介に異変を伝えた。

「なるほど、彦太郎は何かよからぬことに巻き込まれているのに違いなかろう」

鷹之介は自分の目で矢場の様子を確かめてみたかったが、既に一度矢場に行っていたゆえに、矢取り女達に顔を知られている。

彦太郎の異変を察した自分達が動き出したことが何者かの目に留まってはならな

い。

今はそっと様子を見る必要があろう。

後で思えば、とんだ取り越し苦労であったと笑い話になるのを祈って、鷹之介は三右衛門と相談の上、まず中間の覚内《かくない》を四谷へ走らせ儀兵衛を呼んだ。

さらに、若党の原口鉄太郎と中間の平助を町の遊び人風の姿に変装させた上で、ひとつの指令を添えて松岡大八の許へ送ったのであった。

七

それから約一刻の後。

山下へと駆けに駆けた原口鉄太郎と平助は、松岡大八と矢場の外の慶雲寺《けいうんじ》の境内で落合うと、新宮鷹之介からの指図を大八に伝えた。

そして、そのまま矢場へと入った。

先ほど、三右衛門と大八が気になった客の男は未だに店にいて、矢を射るのにも飽きたか、射的場の脇にある小上がりで、矢取り女相手に一杯飲んでいた。

大八が見るところでは、この客が彦太郎の動きを見張っているように思われた。

となると、彦太郎に話を聞くには、こ奴が邪魔だ。

かといって、こ奴を叩き出すのは容易《たやす》いが、それが彦太郎にどのような作用を引き起こすのかがわからない。

彦太郎は相変わらず店にいて、件の客の目に付く小上がりの框《かまち》に腰をかけていた。

「遊ばせてもらうぜ……」

ここでは鉄太郎の兄貴分に扮した平助が、遊び人らしく恰好をつけて、彦太郎を見た。

彦太郎は、二人を知っている。

一瞬怪訝な表情を浮かべたが、人目にはおかしな客が入ってきやがったという警戒心ゆえと映った。

しかし彦太郎は、この二人が自分の異変を見てとった、水軒三右衛門と松岡大八によって遣わされたことを悟った。

鉄太郎と平助は、矢取り女を侍《はべ》らせて矢を射始めたが、すぐに手を止めて、

「おい、ここの旦那はお前かい……?」

平助が彦太郎に絡み始めた。

彼は件の客に背を向けて、彦太郎に目で合図を送ると、

「手前んところは、弓矢に何か細工をしているんじゃあねえのか？　まったく的に矢が当らねえじゃあねえか！」

と、いきなり胸ぐらを摑んで、件の客から引き離した。

「喧嘩のふりをしておくんなせえ……」

平助は耳元で囁く。

件の客はおかしな展開に目を丸くしたが、

「何でえ手前は！　店で暴れるんじゃあねえや！」

と、平助を彦太郎から引き離そうとした。

「手前こそ引っこんでやがれ！」

そこへ鉄太郎が割って入って、件の客を蹴りあげた。

「何しやがる！」

彦太郎は平助と揉み合いつつ、

「何があったんです……？」

囁く平助に、

「芳助にいっぱい食わされて、親父とおもんが攫《さら》われちまって……」

それだけを伝えると、

「出ていきやがれ！」

平助を外へ叩き出した。

そこに表から新たな客が入ってきて、鉄太郎に襲いかかった。

鉄太郎はそ奴をあしらいつつ、平助を追って外へ出て、

「覚えてやがれ！」

と、平助と二人で店から逃げ去った。

彦太郎は、自分の見張り役である客を黙らせようとして、

「あの野郎！　今度見かけたら叩き殺してやる！」

興奮の体で、平助と鉄太郎が使っていた弓矢を思い切り辺りに投げつけ、しばし怒りに震えた。

見張り役の客は、鉄太郎に蹴られて頭にきていたが、彦太郎の狂乱ぶりに気勢を削がれ、

「とんだ災難だぜ！」

ぷいっと店を出た。

「ゆっくりさせてもらうぜ」

新たに店にとび込んで来た客が、そう言って彦太郎を睨むように見た。

こ奴も彦太郎の見張り役で、先ほどの客と交代に来たようだ。


――見張り役が代わったか。

入れ代わりに出てきた件の客を、大八はそっと追いかけた。

彼が潜んでいた寺の境内には、平助と鉄太郎がバラバラに戻ってきて、既に大八に彦太郎から聞き出した言葉を伝えていた。

――そうか、土橋殿とおもん殿が攫われたか。

大八はそれで納得がいった。

そうなると下手に手出しは出来ない。

場合によっては今行方を追っている矢場にいた若いのを、どこかで攫《さら》って痛めつけて、知っていることを吐かそうかと思ったが、彦太郎が誰かに助けを求めたと知れると、具合が悪かろう。

——どうせ近くに繋ぎの場があるはずだ。

大八は大きな体を縮めるようにして、路地伝いに男を追った。

——それにしても。鷹之介がすぐに指図して、鉄太郎と平助を送り込んだのは、真に当を得た処置であるが、

——恐らく三右衛門が勧めたのであろう。

念には念を入れて、喧嘩のふりをさせ、そのどさくさに彦太郎から話を聞き出そうとはなかなかにおもしろい策ではないか。

——あの相棒も、その気になれば智恵と腕で、相当の大悪党になれたであろうに。

大八はふとそんなことを考えると、口許が綻んできた。

やがて目当ての男は、摩利支天横町《まりしてんよこちょう》にある居酒屋の裏口から中へと消えた。

雑然としていて、五十人くらいは客が入れそうな大きな店である。二階もあり、見張り役は店には入らず店の者が使う一間に入ったようだ。

もしかすると、ここをねぐらにしているのかもしれない。

それなら尚都合がよい。

この居酒屋は逃げないのだ。

大八は踵《きびす》を返して、慶雲寺に戻った。

この寺は矢場の近くにあり、かつて鷹之介が小姓組番衆として将軍の警固に当っていた頃、上野山御成の折に、警固の士の繋ぎ場所にしていたこともあり、父・孫《まご》右衛門《えもん》の代からの交誼《こうぎ》があった。

「まずここに陣を敷こう」

鷹之介は、儀兵衛が甘酒屋にいないのを見越して、遣いの覚内には慶雲寺に来てもらいたいとの由を彼の女房に伝えるよう申し付けていた。

その上で、覚内には剣友である火付盗賊改方同心・大沢要之助への繋ぎも同時に申し付けておいた。

そして自らが出馬して、寺に話をつけて御堂の一室を借りて陣とした。

鷹之介はここに、三右衛門、大八、鉄太郎、平助、さらにお光まで集めて対策を練ることにしたのである。

一度無頼に交じわった者は、まっとうに生きようとしてもなかなか世間はそうさせてくれぬものだ。

鷹之介はそれを、武芸帖編纂所頭取を務めてから身に沁《し》みてわかるようになった。

それゆえ、三右衛門と大八が彦太郎の先行きに一抹の不安を覚えていることには大いに理解を示していたのだが、

「まさか、ここまでのことになるとは思わなんだ……」

と、沈痛な面持ちとなっていた。

土橋忠三郎を江戸で歓待し、土橋流砲術師範として遇し、別れたままになっていた息子・彦太郎との再会にも一肌脱いだ結末がこれでは何ともやり切れなかったのである。

「おもんと共に攫われたのか、おもんを人質にとられてどこぞに連れて行かれたのか……。いずれにせよ、敵は土橋殿の鉄砲の腕が欲しかったのでござろう」

三右衛門はそのように見た。

やがて寺に駆け付けた儀兵衛によって、それは確信に変わった。

大八が矢場にいた見張り役らしい男をつけたところ、男は摩利支天横町の居酒屋に消えた。

「その居酒屋は、大熊《おおくま》の三蔵《さんぞう》というやくざ者の息がかかっているところでございま

すよ」

儀兵衛は頭を掻いた。

この三蔵は、博奕打ちだがその裏で殺しの請け負いをしているとの密告があり、一年前から火付盗賊改方が内偵しているところであった。

「それで、この三蔵の弟分にあたるのが、鶴亀の芳助でございます……」

三右衛門と大八は、大きく頷いた。

彦太郎は芳助を頼りにしていた。近頃はつい父親自慢をしてしまった彦太郎に群がってきたたかりの輩を、芳助がうまく追い払ってくれたようだが、

「芳助ってえのは油断がなりませんぜ」

儀兵衛があくまでもそう言っていたのはここにあったのだ。

そして、平助が彦太郎から矢場で聞き出したところによると、彼は芳助にいっぱい食わされたと言っていたらしい。

「こいつはもう十中八九、土橋先生は三蔵に誰かを撃てと脅されているに違いありやせんぜ」

儀兵衛ははっきりと目星をつけた。

しかし、三蔵が今何を企んでいるかについては、

「申し訳ございませんが、これぱかりは大沢の旦那の口から、お聞きになってください まし……」

と、口を噤んだのである。

八

「おもんは無事なのであろうな」

土橋忠三郎は、苛々としながら襖の向こうに声をかけた。

「そいつはもう、旦那があっしの言う通りにしてくれたなら」

すぐに応えは返ってきた。

忠三郎は、今自分がどこにいるかわからなかった。

すっかりと色を失った彦太郎から、おもんがかどわかされてその相手から忠三郎に頼みたいことがある、必ず一人で今戸の川岸まで来い、そのように迫られたと告げられた。

「親父殿、いったいどうすれば好いんだ……」

彦太郎の嘆きを見ると、忠三郎は勇気が湧きあがった。

「倅よ、今こそこの父がお前を守ってやる」

その想いが素直に出て、彼は彦太郎に下手に動くな。身の周りは既に見張られているはずだ。まず自分に任せておけと、忠三郎は今戸の指定された窯場へと出向き、裏手の川岸で船を待った。

「よくぞ一人で来てくれましたねえ」

それから忠三郎は、船に乗っていた覆面の侍風の男に目隠しをさせられて、船と駕籠を乗り継いで、この建物についた。

四畳半くらいの部屋に入れられ、目隠しを取られると、そこには鉄砲が二丁置かれてあった。

そして、今のように隣室から声がした。

「その鉄砲で仕留めてもらいたい獲物がおりやす」

声はそう言った。

「獲物？　熊や猪ではあるまい」

「ふふふ、大きな猿と思ってくれれば好い」

「いったい何者だ」

「それは訊かぬが身の為だ。だが、その相手はこの世から消えてなくなった方が、世の中のためになる野郎でさあ……」

「それゆえ遠慮なしに殺せというのか」

「そういうことでさあ。そして旦那は殺さねばならねえ」

「殺さねば、おもんの命はないというわけか」

「その通りだ。お前さんの倅も見張っている。下手をすると、三人仲良く死んでもらうことになるだろうなあ」

「汚ない奴らだ」

「今まで数え切れねえほど、鳥や獣の生命を奪ってきたんだ。その報いがきたのさ」

「わたしが撃ったのは、人のためによからぬことをした鳥や獣だけだ」

「そんなら同じだ。大きな猿も人のためによからぬことをした」

「おぬし達がその裁きを下すに値する人間なのか」

「そう信じてもらいましょう。先生、獲物を確かに仕留めてさえくれたなら、二百両をつけて倅の恋女房を返してさしあげましょう」

「それで、晴れてこの身もおぬし達の仲間入りということか」

「いや、そこからは赤の他人でさあ。おれ達は邪魔な猿が消えて幸せ、先生方は二百両の金で父子仲良く暮らせば幸せ、好いことだらけだ……」

襖の向こうの声は、そう言うと高らかに笑った。

それが今朝の明け六つからの出来事である。

置かれた二丁の鉄砲は、どこから仕入れた物かは知れないが、なかなかに手入れが行き届いていた。

〝その時〟になれば弾は確かな物を用意する。

もし一丁が不発であれば、その時はすぐに撃てるようもう一丁用意したとのことだ。

否《いや》も応《おう》もなかった。

〝その時〟がくれば、忠三郎はまた目隠しをされて、とある船宿の一間に運ばれる。

付き添いが一人付くことになるらしいが、こ奴は体よく忠三郎を見張る役目を帯びているのであろう。

だが件の大きな猿の動きが、まだはっきりとしないようだ。

確かな刻がわかるまではこの部屋で待機するらしい。

そして、見えぬおもんは無事だという。

「おもんの無事をこの目で確かめぬと、わたしは鉄砲を撃たぬぞ」

「わかっておりやすよ。無事な姿を見せてさしあげますから、よろしく頼みますよ」

襖の向こうの声は、次第にやさしくなっていく。

引金を一度引けばよいのだ。人一人撃ちさえすれば幸せが待っている——。

忠三郎の心の中で、次第にその声が大きくなっていた。

もし、あのまま鉄砲方にいながらにして、鉄砲を撃つことが出来ていれば、倅とその妻を質《しち》に取られたとしても、

「土橋家の意地のために死んでくれ」

と、このような計略は端からきっぱりと断って、自分も死ぬ意思を固めたであろ

う。

だが、今の自分には武士の一分など、もはや残ってはいない。

不憫な子への罪滅ぼしと、再会を果した上で湧きあがる情が、

「撃つ相手は、殺したとて誰も哀しまぬ非道な奴なのだ」

次第に忠三郎を、そんな想いにさせていくのであった。

九

慶雲寺の一間に、大沢要之助が到着した。

「大変なことになってしまいました……」

要之助は、鷹之介から一通り話を聞くと、困惑の表情を浮かべた。

「親分には、辛い想いをさせてしまい、申し訳ない」

鷹之介は儀兵衛を引っ張り出したことを詫びて、火付盗賊改方で動いていた案件に、自分達が割って入っている現状を気遣った。

「いや、頭取としては、砲術師範を守らねばならない。それはわかっております。

我らが御役に立てたというのは幸いでござりまする」

要之助はこともなげに応えて鷹之介を安心させたが、

「とは申せ、大熊の三蔵については、わたしの受け持ちではござりませぬゆえ、出過ぎたこともできず……」

火付盗賊改方の内部事情で、あまり突っ込んだ情報も得られないのだと要之助は言う。

「ならばいっそ、受持ちの与力殿にこ度の仕儀《しぎ》を打ち明け、助けを求めてはどうであろう」

鷹之介は火付盗賊改方にはこれまでも多大に貢献してきたという自負があるし、その長官には若年寄・京極周防守を通じて、便宜《べんぎ》をはかってもらうこともできるであろう。

しかし要之助は、

「それはお勧めできませぬ」

と言う。

まず火付盗賊改方にもいくつかの組があり、大熊の三蔵に対する内偵を進めている組が、武芸帖編纂所とは協力したがらないであろう。

大熊の三蔵は神出鬼没で、町奉行所は元より、火付盗賊改方にまで、上手に鼻《はな》薬《ぐすり》をかがせているので、なかなか尻尾を摑ませない。

その中で苦労をして得た情報を、そう容易く鷹之介にもたらすとは思えない。

協力して捕えられたとしても、編纂所が絡むとそれだけ自分の功が薄まってしまう。

上からの命で止むをえず協力をしたとしても、かえって編纂所の邪魔をするかもしれない。

彼らにとっては、三蔵がおもんを質にとり、土橋忠三郎に何者かを暗殺させたとしても、それは気にするところではないのだ。

どうせ三蔵が狙うような相手なら、忠三郎に撃ち殺されてもよかろう。

むしろその時が、三蔵一味を召し捕る好機ともなる。

まして、土橋忠三郎はかつて田付組にいたのである。田付組の長・四郎兵衛は代々火付盗賊改を兼務している。

それゆえ、致仕したはよいが、不覚にも倅の女房を質に取られ、暗殺をそそのかされるとは真に不届きであると捉えるであろう。彦太郎を含めて、忠三郎、おもん三人の命など守ってやるつもりは持ち合わせてはいまい。

「これは、捨て殺しにしてでも、三蔵の召し捕りに動くと思われます」

要之助はそのように断じた。

「なるほど、さもあろう……。ふふふ、役人の仕組みとはそのようなものだな」

鷹之介は、弟弟子である要之助に理を説かれ苦笑した。

「となれば、我らに智恵を貸しては、そなたも睨まれよう。真にすまぬことをした」

そのように爽やかに詫びると、

「いえ、そうでもござりませぬ。我らの組は他所の組が三蔵を捕えて好い顔をするのを望んではおりませぬゆえ」

要之助はニヤリと笑った。

「ははは、左様か。真に役所というのは面倒だな」

「はい。とは申せ、だからこそ競い合い、智恵も付くのでございましょう」

「う〜む、悔しいが大沢要之助は、この新宮鷹之介よりも世の中に長じている」

「それはわたしが、日々数多《あまた》の役人と付合うているからでございますよ」

「編纂所は気楽でよいが、時折このような話をいたさねば、考え方が鈍るというものだ。持つべき者は友よのう」

「そんな、畏れ多うございます……」

今度は要之助が苦笑した。

何ひとつ飾ることなく、己が無智を笑いとばせる者はまずいない。

——それだけに困った御方だ。

どんなことでもしてあげたくなる。

「独り言を呟かせていただきます。大熊の三蔵は、このところ不忍《しのばず》の久《きゅう》右《え》衛門《もん》という香具師《やし》の元締の許に出入りしております。そしてこの久右衛門が、谷中《やなか》の宗五《そうご》郎《ろう》という元締と縄張り争いをしているとか……」

要之助は、天を仰いで低い声で言った。

「忝し……」

「いえ、独り言でございます。儀兵衛……」

「へい！」

「しばらくはこれといって用はないゆえ、頭取のお手伝いをしてくれ」

要之助はそれだけを告げて寺を出たのであった。

一同に安堵の色が広がった。

「土橋忠三郎殿は、谷中の宗五郎を狙うよう脅されているのでしょうな」

三右衛門が言った。

「恐らくは……」

大八が相槌を打って、

「火付盗賊改方は、まだこのことを知らぬはずでしょう。すぐに動きませぬと……」

と、鷹之介を見た。

「うむ、一刻を争うな……。さてどうしたものか……」

鷹之介は一同を見廻した。

お光が寺から茶の用意を段取り、一同に給したが、何から手をつければよいか、すぐに浮かんでこなかった。

「やはり、最前矢場にいた男を捕えて吐かせるしかないのでは……」

鉄太郎が勇んで言ったが、

「確かにそれが手っ取り早いとは思いやすが、どうなんでしょうねえ。奴らは詳しいことは何ひとつ報されていねえような気がしますが……」

平助が首を傾げた。

「あっしもそう思いますねえ。雑魚《ざこ》は放っておいた方がよろしいかと」

儀兵衛が平助に同調した。

平助は鷹之介の旅に同行してから、勘が冴えている。

「下手に突ついて、相手に気取《けど》られぬ方がよいかもしれぬな」

三右衛門も頷いた。

「と申して、手をこまねいているわけにもいくまい。幸い三蔵の一味は、我らがここまで動きを察しているとは夢にも思うてはいまい。そこを上手くつけぬかのう」

鷹之介は逸《はや》る心を抑えて頭を捻った。

それを見ると、ともすれば捨て殺しにされてしまうかもしれない土橋忠三郎を、編纂所の意地にかけて助け出すのだという意気込みが一同の胸の内に沸々《ふつふつ》と湧いてきた。

「土橋殿に谷中の宗五郎を殺させようとしているとすれば、どこが狙いやすいか。それがわかればよいのだが」

大八は、鉄砲で狙える場所があり、そこを覗き見られる場所に忠三郎を伏せ、遠くから狙撃するつもりなのであろうと見た。

そうなると、その条件を備えているところがあるはずである。

しかもその場所は、日頃からよく宗五郎が向かう場所となろう。

「すぐに当ってみましょう」

儀兵衛は、宗五郎も用心深い男で、なかなか自分の日頃の行動は人に悟られないようにしているはずだが、探ればどこか目星がつくだろうと立ち上がった。

「儀兵衛、ひとつ教えてくれぬか」

それを三右衛門が呼び止めた。

「何でしょう」

「鶴亀の芳助はどこにいると思う?」

「そうでやした。あっしとしたことが、それを忘れておりやした」

儀兵衛は頭を掻いた。

彦太郎が芳助に騙されたとなると、芳助は念のためにほとぼりを冷ましに江戸を離れるつもりかもしれない。

だが、彦太郎には見張りがつけられ、所用に出ていたおもんは、その道中に三蔵の乾分によって囚《とら》われの身となっている。

さらに忠三郎が三蔵の言いなりとなり、今戸の川岸で船に乗ったことも知っているはずであるから、芳助としては焦る必要はない。

谷中の宗五郎の死を見届けて、三蔵から金をもらってから江戸を離れると考えてもよかろう。

三蔵も容易く綻びは見せまいから、彼なりに慎重にことを運んでいるに違いない。

宗五郎を仕留めてから、いくらでも言い逃れが出来るように策を練っていようが、あれこれ口裏を合わせるためには、ある程度の流れは芳助には報せていよう。

となれば、芳助を捕えて白状させるのが何より早いのではないか――。

三右衛門はそのように考えていた。

「左様でございますねえ。芳助はまさかこんな話をしている者が、この世にはいねえと思っているはずでしょうから」

儀兵衛の表情にも朱がさしてきた。

鷹之介も立ち上がって、

「親分、芳助の立廻り先を知る限り教えてはくれぬか。芳助は我らで捕えて吐かせてみよう」

「承知いたしやした。そんならあっしは谷中の宗五郎の立廻り先を洗ってみましょう」

儀兵衛はそう言うと、寺の境内に控えさせていた乾分の伝吉《でんきち》を呼んで鷹之介に付けた。

これで芳助の顔を知る者が味方に出来た。

十

鶴亀の芳助は弁が立つ上に悪運が強く、度胸も据っているという。

たとえば新宮鷹之介一党がこ奴を捕え、谷中の宗五郎の襲撃を問いつめても、のらりくらりとかわし、宗五郎が撃たれる頃を見はからってすべてを白状する——。

そんな芸当の出来る男だそうな。

今までの新宮鷹之介であれば、捕えたところで、うまくかわされるだけであったかもしれない。

だが、今の彼には、水軒三右衛門と松岡大八という恐るべき鬼が付いていた。鬼に親しみ共に鍛えた武芸が、鬼の力を正義に変えていたのである。

今ならまだ芳助はその辺りにいるはずだ。

ずる賢い男だとて、所詮は町の小悪党だ。油断も抜かりもあるはずだ。まして、ほとぼりを冷ましに江戸を離れるのなら、すませておきたい用もあるだろう。

鷹之介は三右衛門と大八を従えて、伝吉の案内で芳助の姿を追った。

すませておきたい用となれば、

「芳助の野郎は、まず女のところにいるはずでございます」

伝吉は自信たっぷりに言った。

おもんを質に取っている限り、三蔵は宗五郎殺しを焦らず確実に実行するはずだ。

まだ少しばかり刻にゆとりがあるだろう。

鉄砲を使う限り、しくじりは許されないのだ。そして、

「女のところなら、こいつはおあつらえむきでございますよ」

と伝吉は言う。

芳助が博奕場にいたとなれば、踏み込んで連れ去るのは容易いが、騒ぎになれば三蔵がこちらの動きに勘付くであろう。

その点、女のところなら比較的人目につかぬ場所が多く、そのままそこを詮議の場に使えるというものだ。

上野山下を北へ行くと安楽寺《あんらくじ》という寺があり、その裏手の仕舞屋《しもたや》が芳助の女の家であるという。

そっと通っているつもりでも、密偵の目は欺《あざむ》けぬものである。なかなかに女の家を転々とはさせられないゆえ、何よりもここが見つけられ易いのだ。

「ちょいと様子を見て参ります」

安楽寺の境内へ入ると、伝吉が走った。

そしてすぐに帰ってくると興奮気味に、

「おりやした……。あの野郎は思いの外、間抜けでございますねえ」

と言った。

伝吉が睨んだ通り、芳助は仕舞屋の二階にいるらしい。

「芳さん、どこかへ行っちまうのかい？」

女の鼻にかかった声が聞こえてきたのだ。用心深い芳助も女の甘ったるい声は止められないようだ。

とはいえ、一階には屈強の用心棒が二人控えているという。この辺りは用心に念には念を入れたつもりであろうが、彼にとって不運なのは、狙われた相手が悪過ぎた。

「さて、どういたします」

伝吉は心逸《はや》らせたが、鷹之介は仕舞屋が寺の裏手の木立を庭替わりにしている閑静な立地にあるのを確かめると、

「これなら下手な小細工もいるまい」

にこりと笑って、三右衛門、大八を従え仕舞屋の戸口に立つと、

「邪魔をいたすぞ……」

がらりと戸を開けてそのまま二階へ駆け上がった。

「何奴《なにやつ》……！」

二人の用心棒は当然これを阻止せんとした。が、それぞれ三右衛門と大八に太刀の鞘の鐺《こじり》で腹を突かれて、あっという間に悶絶した。

突然上がってきた若侍に、浴衣姿でいちゃついていた男と女は、声も出なかった。

「て、手前は……」

やっと芳助が傍に置いてあった匕首《あいくち》を抜いて身構えんとしたが、彼もまた鷹之介の鐺で腹を突かれてその場に崩れ落ちた。

「あ……」

女は一瞬の出来事に色を失ったが、

「すまぬが少しの間、寝ていてくれ」

たちまち鷹之介に当身《あてみ》をくらわされて、そのまま気を失ったのである。

芳助が目覚めた時、辺りは闇の中であった。

「こ、ここはいってえどこなんだ……」

彼は両手両足を縛られていた。

実際は同じ仕舞屋の二階なのだが、調度はすべて下に下ろし、暗幕を張り巡らせてあったので、彼にはまるで違う世界に見えたのだ。

「ひ、ひえ……！」

闇の中に般若《はんにゃ》の面を被った三人の男が浮かんだ。さすがの芳助も生きた心地がしなかった。三人の向こうには血だらけの生首が浮かんでいたのだ。顔はよくわからぬが、男二人と女一人の首だ。これは用心棒二人とさっきまで睦《むつ》み合っていた女のそれと思われた。

「鶴亀の芳助、お前の首をこの中に加えてやろう」

般若の一人が低い声で言った。

「い、命ばかりはお助けを……」

一廉《ひとかど》の博奕打ちと呼ばれた男も、想像を超えた恐怖に直面すると、この様である。

「この先生きていたとてろくな暮らしが待ってはおるまい。それでも命が惜しいか」

「お、惜しゅうございます……」

「ならば生命だけは助けてやるゆえ、これから訊くことに応えろ。その応えが違《ちご》うていたらお前もこうなると心得よ」

するど、他の二人の般若が、やにわに角樽《つのだる》を前に置くと、腰の刀を一閃させた。二つの角樽はそれぞれ真っ二つになった。

芳助はこれほどの抜刀術を見たことがなく、わなわなと震えた。

「まず右手、次に左手、そして両足の順に切り落し、最後は首を落す」

「へ、へへえ……!」

般若の一人はすぐに生首を照らしていた手燭を芳助の前に置いた。

般若の三人が、鷹之介、三右衛門、大八であるのは言うまでもないが、後ろの生首の正体は、暗幕がかけられた台に首を載せている、鉄太郎、平助、お光であった。血糊《ちのり》を塗り髪を前に下ろした三人であるが、芳助の怯えようを見て、思わず笑いそうになったゆえに、鷹之介が手燭をのけたのである。

三右衛門と大八は、面の中で笑っていた。

鷹之介も声が裏返りそうになったが、忠三郎とおもんの安否が知れぬのだ。すぐに般若に戻って、

「まず飲め……」

徳利の酒を芳助に飲ませると、

「三蔵は宗五郎をどこで狙うつもりなのだ……」

と、問うた。

十一

「親分、鶴亀の兄ィが姿を消しちまいやした」

大熊の三蔵は乾分からの報せを受けて眉をひそめた。彼は今、橋場《はしば》の隠れ家にいる。

「何だと……、おれは奴から何も聞いちゃあいねえぜ。女のところじゃあねえのか？」

「それが、夜になってもいつものところへ来ねえので、念のため訪ねてみれば、家は雨戸が下りていて誰もいねえ様子で……」

「まさか、何かでしくじってしょっ引かれたとか」

「いいえ、処の御用聞きに問い合わせても、そういう騒ぎはないはずだと」

「てことは芳助の野郎、怖じけづいて女を連れてどこかへ消えやがったか……」

「どうします？」

「狙うなら、明るい朝の方が好いが、こうなりゃあ、少しでも早え方が好い。明日の夕方、宗五郎が船宿に入るところを狙うとするか……」

大熊の三蔵は遂に動いた。

芳助の動向を敏感に把握しているあたりは、さすがに油断のならない男であるが、芳助が武芸帖編纂所に捕えられているとは夢にも思っていなかった。

そもそも三蔵は、武芸帖編纂所がいかなるところかまるでわかっていなかった。

矢場の彦太郎が自慢する父親が、その役所から砲術師範のお墨付きを得たという。

調べてみると確かにそういう役所は存在していて、それなりの権威はあるらしい。

ゆえに土橋忠三郎の鉄砲の腕は確かなものであるのは間違いない。

矢場の亭主に納まっている彦太郎のような半端者《はんぱもの》の父親が、公儀の役所から砲術師範と認められるというのは、余ほど忠三郎の腕が好いからであろう。

三蔵は豊富な情報網を駆使して、忠三郎の噂をかき集めると、今市の辺りで鉄砲名人として名の通った猟師であるとのことがわかった。

それですぐに計画を立てたのだ。

谷中の宗五郎は、三蔵が後盾と頼む不忍の久右衛門の年来の敵である。

共に四十絡みで、元は同じ香具師の下で働いていただけに、一旦不仲になると互いに引けなくなる。

近頃は互いの縄張り内で小競り合いが続いていたので、久右衛門も宗五郎も用心して、なかなか外へ出なくなる。

こうなると、乾分に守られた元締が容易く命を奪われることもなく、争いは沈滞し始めていた。

そこに風穴を開けるのが、鉄砲での狙撃であった。

江戸市中で鉄砲を使用して殺しをするなど、真に恐れを知らぬ大胆な所業であるが、それだけに宗五郎もまさかと思うであろう。

だがそれをしてのければ、久右衛門一家に恐れをなして、宗五郎一家の残党はたちまち散り散りとなり、久右衛門の軍門に下るはずだ。

もちろん、久右衛門の関与が疑われるかもしれないが、何者が撃ったかわからねば、役人への根回しさえしておけば罪に問われることもない。

ましてや宗五郎も、その死を人に惜しまれるような男でもないのだ。

ただ一発で宗五郎の頭を撃ち抜けば、表向きの死因を卒中《そっちゅう》や心の臓《しんぞう》の発作と取り繕うことも出来よう。

いや、宗五郎一家も元締が鉄砲玉をくらって死んだとなれば、これを隠すに違いない。

三蔵の献策に久右衛門は勝負に出たのである。

一晩隠れ家に留め置かれた土橋忠三郎は、再び目隠しをされて、駕籠に乗せられある一室に連れて行かれた。

彼の傍らには覆面の男がいた。その男こそ三蔵であることを忠三郎は知る由もなかった。

そこは川が入り組んだところに建つ船宿の一室のように思われた。

窓からは近くに並び立つ料理屋の船着き場が見える。

「先生、その船着場にもう少しすると船が着けられて、ちょっとした貫禄のある男が降りることになっておりやす。あっしが教えやすから、あの船着場から料理屋の出入り口までの五間（約九メートル）ほどの間を歩く野郎を仕留めておくんなさい」

忠三郎はゆっくりと頷いたが、

「撃つ前に、おもんの無事な姿を見せろ」

それだけ釘を刺した。

「わかっておりやす。そのうち日暮れになりやすが大事ありませんかい？」

「ほんの少しの明かりがあれば的は外さぬ」

「そうこなくちゃあいけませんや」

「撃った後は……」

「ここは船宿でございますからねえ。すぐに船に乗って逃げてもらいます」

「鉄砲は？」

「あっしらが川へ沈めちまいますよ」

距離は三十間ほどあったが、ここからなら撃ち損じることはあるまい。

撃ってすぐに騒ぎに乗じて船でこの場から立ち去れば、人に気付かれはしないはずだ。

谷中の宗五郎は、件の料理屋へほぼ数日おきに夕方船でやって来て、翌朝また船で帰っていく。

料理屋は妾《めかけ》にさせている店なのだ。鶴亀の芳助と同じで、宗五郎も女の家だけは容易く特定されてしまうものか――。

夕方に下見して、明るく的が絞りやすかろう朝に狙撃する計画を立てたのだが、芳助の動向が掴めぬとなれば急を要する。

「朝まで待っていられねえ……」

その一晩で情勢が変わるかもしれないからだ。

料理屋の船着場から料理屋の出入り口までは五間ほどある。五間歩く間に仕留めるのは難しくない。

「委細《いさい》承知した」

忠三郎は三蔵に応えた。

「もし撃ち損じることがあれば、もう一丁をすぐに撃つゆえ、そなたは鉄砲を手に、わたしの傍近くに寄っていてもらいたい」

「わかりました」

それから忠三郎は、じっと船宿の一間に潜んでいた。獲物を狙う時、彼は何刻も草むらに潜みその時を待った。こういう待機はわけもない。

やがて外は日が陰ってきた。

どうやらこの船宿は、本所《ほんじょ》と向島《むこうじま》の間の業平《なりひら》橋辺りに位置すると思われる。江戸で育った忠三郎は、かつて妻のくめと息子の彦太郎を連れて、向島の桜を観に行ったことを思い出していた。

その日は鉄砲方出入りの商人の寮に招かれて、この辺りに船で来たような気がする。

あの日の幸せを取り戻さんと出府したが、何ゆえこのようなことになったのであろうか――。

遠くに一艘《そう》の屋根船が見えた。

「先生、獲物は恐らくあの船に乗っておりやす」

傍で三蔵が囁いた。すると船宿の船着場に舫《もや》ってあった屋根船がするすると動き、忠三郎の視界に入った。

その船は忠三郎の目からは十間ばかり先にあり、下ろされていた御簾が忠三郎の窓側に向いて上げられた。

「おもん……」

そこにはおもんが乗せられていた。左右に浪人らしき覆面の男がいて、彦太郎が見せられた時と同じく、右側の浪人が白刃をおもんの首に突きつけている。

「どうです？　先生の嫁御は無事でしょう。さっさとすませてしまって、ご一緒にお戻りになればようございますよ」

三蔵はふっと笑った。

——何を言うか。宗五郎を撃った後、我らを生かしておくつもりはなかろう。

忠三郎の胸の内に渦巻く疑念は、この瞬間も晴れなかった。

忠三郎はおもんをじっと見た。おもんも忠三郎を見返しながら、右の人差指で自分の眉間を指し示した。

それはきっと、忠三郎が猪を撃つ時、苦しませずただ一発で仕留めると話したことを、自分に置き換えているのであろう。

「ひと思いに、あたしを撃ち殺してください」

おもんはそう言っているのだ。

舅《しゅうと》が苦労して得た鉄砲の術を人殺しの道具に使わせてはならない。いっそ自分を撃ち殺し虎口《ここう》を脱してもらいたい——。

おもんの目はそう訴えていた。

砲術師範として認められたというのに、矢場の女将と暮らすぐれた息子にわざわざ会いに行く忠三郎である。

三蔵は、そこに忠三郎の別れて暮らしていた息子への深い情愛を見てつけ込んだ。

事実、彦太郎からおもんの誘拐を報された忠三郎は、三蔵の狙い通り自らも囚《とら》われの身となり、嫁の命を谷中の宗五郎の命よりも重いと断じ、ここにいる。

だが、今この間にも、忠三郎は三蔵に従いつつ、あらゆる可能性を思い浮かべていた。

鉄砲に取り憑かれ、これを撃つために身分も妻子も捨ててしまった。そうしてやっと日の目を見られた人生は、これから放つ一発の弾によって、すべてが決せられるのである。

おもんは、縋るような目を向けている。

自分とて世間の荒波を乗り越えてきた女だ。

生き死にに意地を張りとうございます。矢場の二階座敷でおもんはそんなことを言って、舅《しゅうと》の自分に酌をしてくれた。

遠く見えていた船は、いよいよ料理屋の船着場に到着した。

「先生……」

「心得た。おぬしはもう一丁を構えて傍にいてくれ」

三蔵に促され、忠三郎は鉄砲を構えた。既に弾は込められ、火縄も点《とも》されている。

しかしこの時、おもんが乗った船に水中深くから一組の男女が密かに舳先に取り付いていることを誰も知らなかった。

男は水軒三右衛門、女はお光であった。

芳助から三蔵の狙いを聞き出した新宮鷹之介は、芳助とその情婦、用心棒二人を縛りあげ仕舞屋に閉じ込めた上で、料理屋へ直行した。

料理屋の船着き場に着いたところを鉄砲で狙うとすれば、狙撃場所は自ずと知れてくる。

忠三郎と三蔵が拠《よ》る船宿を特定し、船宿から少し離れた無人の荷船に薦《こも》を掛け、三右衛門、松岡大八、お光の三人で潜んだ。

そこで様子を窺うと、御簾が下ろされた怪しい屋根船が船宿の船着場に舫《もや》ってあるのが見えた。

じっと目をこらすと、屋根船におもんと思しき女が浪人二人に促されて乗り込んだ。

しかし、船頭は船尾にいてのんびりと煙管を使っている。

是非もなかった。船頭に気付かれぬよう水中を迂回して艫先に取りつかんとした。

そして、時を同じくして鷹之介が忍び合う男女を演じ、船宿に部屋を求めていた。

相手の女はなんと鈴であった。

鈴は武芸帖編纂所に、いつものように稽古に行ってみれば誰もいない。鈴であれば慶雲寺にいると伝えてもよいと、鷹之介は留守の中田郡兵衛に伝えてあったゆえ、鈴は何かあると駆けつけたのである。

忠三郎とおもんは巧みに引き離されている。何《いず》れを助けに入っても、それが少しでもずれると二人の命に関わる。

鷹之介と鈴は、船宿には生憎《あいにく》部屋が空いていないと丁重に断られて、所在なげに二人で船着場の近くを歩いた。

しかし、おもんを乗せた船の内は、忠三郎が拠る部屋からでないと見えない。

それでも屋根船が料理屋へ近付く様子は認められた。

かくなる上は、宗五郎が船着場に降り立ったところが勝負であった。

船宿の一間では、相変わらず忠三郎が鉄砲を構えている。三蔵がもう一丁をいつでも手渡せるように傍にいた。

そしていよいよ、料理屋の船着場に着いた船から宗五郎が降り立った――。

十二

「よし……!」

忠三郎は低く唸った。しかし、彼は次の瞬間、宗五郎に狙いを付けていたはずの鉄砲の銃床で、いきなり三蔵の鼻先を打った。

「うッ……」

衝撃に目が眩《くら》み、手にした鉄砲を思わず落した三蔵を尻目に、忠三郎はそのまま鉄砲をおもんの船めがけて放った。

その弾は、おもんの首に白刃を付けていた浪人の右肩と胸の間を見事に射ち抜いていた。

浪人は刀を取り落し船上でもがき苦しんだ。

「おのれ……」

もう一人の船上の浪人が突然のことに慌てふためき、立ち上がっておもんにかからんとしたが、腰を撃たれて、そのまま川へ落ちた。

忠三郎が三蔵が落したもう一丁の鉄砲を拾い、たちまちのうちに放ったのだ。

「畜生め……！」

船頭がおもんに駆け寄らんとしたが、おもんは舳先から現れたお光に手を引かれ、川へと落ちて難を逃れた。そして船の上に乗った三右衛門が、撃たれた浪人が落した太刀を拾い上げ船頭を打ち倒し、船着場に殺到した三蔵の乾分達を次々と叩き伏せた。

——忝し。

忠三郎は新宮鷹之介の救護を確信した。

「野郎！　殺してやる！」

顔面をくだかれた三蔵が、匕首を抜いて忠三郎に襲いかかった。

「この外道《げどう》め！」

忠三郎は鉄砲を振り回して応戦すると、そのまま窓から庭へとび下りた。

こちらにも三蔵の乾分達が殺到したが、

「引け！　引け！」

と、鷹之介と鈴が躍り込んできて忠三郎を守った。

鈴の働きは天晴《あっぱれ》であった。

鷹之介の脇差で小太刀の腕を見せると、庭に転がっていた船の棹《さお》を脇差で手頃な長さに切り、目の覚めるような薙刀術《なぎなた》で、次々と乾分共を薙《な》ぎ倒したのである。

——やはり芳助がしくじりやがった。

そう確信した三蔵が逃げようとするのを鷹之介は峰に返した刀で叩き伏せると、騒ぎは収まった。

お光が見事な水術でおもんを大八に託し、老骨に鞭打って濡れそぼった体のまま、いつも変わらぬ天狗のごとき技を見せつけた三右衛門によって船着き場は静かになっていた。

伝吉達乾分を率いた儀兵衛は、異変に気付き騒然とする宗五郎とその乾分達を押さえ、

「公儀武芸帖編纂所頭取・新宮鷹之介である！　役儀にて土橋忠三郎殿を不埒者共からお救い申した。一同の者、神妙にいたせ！　この上手向かえば、一人残らず斬る！」

鷹之介が目の覚めるような号令を発したのであった。

その傍らで感じ入る忠三郎は、初めて人を撃った興奮を抑えつつ、撃った相手の生存を確かめると大きな息をついた。

これで彦太郎も見張りから直ちに解放されるであろう。

やがて彼は、鷹之介の前で平伏して、

「頭取との御縁を、ひたすら天に感謝申し上げる次第にござりまする……」

と体を震わせた。

「さて土橋先生、すぐに鉄砲の撃ち競べにござりますなあ」

かける言葉が見つからず、鷹之介は笑うことでその場を収めた。

鈴は鷹之介と二人で戦った幸せに、鬼女の形相を一変させ、たおやかに頰笑んでいた。

それから数日後。

小石川《こいしかわ》西坂下、鉄砲方・田付四郎兵衛屋敷にて行われた鉄砲の撃ち競べに新宮鷹之介に伴われた土橋忠三郎が出場した。

ずらりと並んだ鉄砲名人は、さすがに誰もが甲乙つけ難き腕前で、ほとんど的を外す者がおらぬ充実ぶりであった。

しかし、その中において、作法にはまるで手間をかけず形式ばらず、ひたすら弾を込めては鉄砲を撃ち、一度も的の中心を外さなかった忠三郎の術は一際《ひときわ》目立った。

鉄砲方・田付四郎兵衛は、磨方同心を捨て旅に出た忠三郎を覚えていて、

「新宮殿、よくぞこの場に連れ戻してくだされたな。いや、これまでの修練真に天晴じゃ」

鷹之介に謝し、忠三郎を大いに称えた。

大名家からも鉄砲自慢が来ていたので、このままでは諸家から仕官の誘いもこよう。

それゆえ四郎兵衛は、忠三郎の才を見出せなかった昔を詫び、鉄砲方への復帰を公儀に願い出ようと言ったが、

「お言葉を賜っただけで本望にございます。鉄砲が撃てるようになったからと申して、御役を投げ出しましたことは許されるものではございませぬ。今さらどの面をさげて戻ることができましょう。本日は、今の鉄砲の腕をもちまして、お詫び申し上げんと参ったまで……、どうぞお許しくださりませ」

忠三郎は深々と頭を下げると、その成果を一生の思い出として、長田村へと帰った。

帰るまでの間、四谷で絵草紙屋を営むことが決まった、彦太郎、おもんと幸せな一時を過ごしたことは言うまでもない。

そしてその間、武芸帖編纂所では土橋流砲術伝書一巻を作成し、忠三郎に贈ると再会を期して別れたのである。

再会を期したのだ。別れは名残を惜しまず、どこまでもさりげないものとした。

武芸帖には、〝土橋流砲術は鉄砲を主とする。土橋忠三郎が山野にて鳥獣を動く標的として鍛え一流を開く。その極意はただ撃つを旨とす〟と記された。

鷹之介は改めて、武芸の達人は時として人間の闘争に利用され翻弄《ほんろう》される恐れがあることを思い知らされた。

そこから武芸者を守るのも我が務めであると実感し、その意を支配の京極周防守に言上した。

「そなたの申すことはもっともじゃが、ふふふ、それでは真に手の者が足らぬのう」

周防守はこの度の成果に大いに満足しつつ、この若者はどこまで役儀の幅を広げていくのであろうかと呆れ顔をしたものだ。

しかし、新宮鷹之介が動けば動くほど、編纂所と新宮家は生き生きとしてくる。

誰もが身に備った実力を発揮する場を得て、眠っていた才に気付かされるからだ。

この度も総出でことに臨んだわけだが、

「これではほんに人手が足りませぬ」

老臣・高宮松之丞はそれを憂えたついでに、

「殿、鈴様をお迎えになられてはいかがでございましょう」

さりげなく鷹之介に進言をした。

鈴が鷹之介の許に嫁げば、編纂所も新宮家も共に大助かりではないか。

「爺ィ、実はそのことについては考えているのだがな……」

「殿……」

「鈴殿にも家来がいるゆえ、編纂方というわけにものう……」

真剣に言っているのか、惚けているのか――。

松之丞の苛々は、高まる夏の暑さと共に、日々募っていくのである。

光文社文庫

文庫書下ろし／長編時代小説

鉄《てつ》の絆《きずな》 若《わか》鷹《たか》武《ぶ》芸《げい》帖《ちょう》

著者 岡《おか》本《もと》さとる

2020年11月20日 初版1刷発行

発行者 鈴木広和
印刷 萩原印刷
製本 ナショナル製本

発行所 株式会社 光文社
〒112-8011 東京都文京区音羽1-16-6
電話 (03)5395-8149 編集部
8116 書籍販売部
8125 業務部

ISBN978-4-334-79119-3 Printed in Japan

組版 萩原印刷